诗人与诗

欧阳修

人生何处似樽前

何藏 隋忠静——编

河海大学出版社
HOHAI UNIVERSITY PRESS
·南京·

图书在版编目（CIP）数据

欧阳修 ：人生何处似樽前 / 何薇，隋忠静编. --
南京 ：河海大学出版社，2022.3
（诗人与诗 / 李路主编）
ISBN 978-7-5630-7408-2

Ⅰ. ①欧… Ⅱ. ①何… ②隋… Ⅲ. ①宋诗—诗集②
宋词—选集③欧阳修（1007-1072）—人物研究 Ⅳ.
①I222②K825.6

中国版本图书馆CIP数据核字(2022)第000919号

丛 书 名 / 诗人与诗
书　　名 / 欧阳修：人生何处似樽前
OUYANG XIU:RENSHENG HECHU SI ZUN QIAN
书　　号 / ISBN 978-7-5630-7408-2
责任编辑 / 毛积孝
丛书主编 / 李　路
特约编辑 / 李　萍
特约校对 / 吴　淼
装帧设计 / 刘昌凤
出版发行 / 河海大学出版社
地　　址 / 南京市西康路1号（邮编：210098）
电　　话 /（025）83737852（总编室）
/（025）83722833（营销部）
经　　销 / 全国新华书店
印　　刷 / 三河市元兴印务有限公司
开　　本 / 660毫米×960毫米　1/16
印　　张 / 13.25
字　　数 / 161千字
版　　次 / 2022年3月第1版
印　　次 / 2022年3月第1次印刷
定　　价 / 59.80元

目录

欧阳修生平与创作

欧阳修诗

欧阳修词

欧阳修文

欧阳修生平与创作

生平：一从吏事，便为礼法所绳

欧阳修，字永叔，号醉翁，晚号六一居士，庐陵（今江西省吉安市）人，生于北宋真宗景德四年（1007），神宗熙宁五年（1072）去世。回首欧阳修的一生，从初入仕途的踌躇满志、一心报国，领导诗文革新运动，推动庆历改革，到晚年的病痛缠身、一心回归，想要在平淡的生活中放松心志，其背后思想的转变令人叹惋。

良好家风，受用终身

欧阳修其父讳观，宋真宗咸平三年（1000）进士，授道州军州推官。景德年间（1004—1007），欧阳观调任绵州推官，任职期间清廉正直、心系百姓，后不幸早逝，去世时欧阳修年仅 4 岁，生活的重担就这样落在欧阳修之母郑氏的身上。郑氏独自抚养欧阳修及其兄、姐，生活虽困苦不堪，但其始终“言笑自若”，深处逆境却精神奋发，常以其夫廉洁、仁厚、爱民的品德教育欧阳修，培养他恭俭仁爱、简约治家的理念。相传，因欧阳观为官清廉，其去世后家中“无一瓦之覆，一垅之植”，以致于买不起笔墨纸砚，郑氏为教欧阳修识字读书，便以芦苇杆作笔，以大地作纸，培养其认字写字的乐趣。欧阳修这才有了

“自幼所作诗赋文字，下笔已如成人”的卓越资质。根据欧阳修《泷冈阡表》记载：“汝父为吏廉，而好施与，喜宾客。其俸禄虽薄，常不使有余，曰：‘毋以是为我累。’故其亡也，无一瓦之覆，一垄之植，以庇而为生。吾何恃而能自守邪？吾于汝父，知其一二，以有待于汝也。自吾为汝家妇，不及事吾姑，然知汝父之能养也；汝孤而幼，吾不能知汝之必有立，然知汝父之必将有后也。……回顾乳者抱汝而立于旁，因指而叹曰：‘术者谓我岁行在戌将死。使其言然，吾不及见儿之立也，后当以我语告之。’其平居教他子弟，常用此语，吾耳熟焉，故能详也。其施于外事，吾不能知；其居于家无所矜饰，而所为如此。是真发于中者邪！呜呼！其心厚于仁者邪！此吾知汝父之必将有后也。汝其勉之！夫养不必丰，要于孝；利虽不得博于物，要其心之厚于仁。吾不能教汝，此汝父之志也。”欧阳修虽过早地失去了严父，但郑氏却独自一人承担起严母与慈母的责任，在潜移默化中，将其夫清正廉洁、拳拳爱子之心传递下去，可以说，这种不卑不亢、乐观豁达的家庭教育对欧阳修性格的培养、人生观念的形成产生了深远的影响，继而深刻地影响着其政治理想与诗文创作的取向。

初入仕途，文名大振

仁宗天圣元年（1023），17 岁的欧阳修参加随州州试，未中，三年后通过州试。天圣五年（1027），欧阳修参加礼部贡试，其作文深受韩愈古直雄博文风的影响，而“是时，天下学者杨、刘之作，号为时文，能者取科第，擅名声，以夸荣当世，未尝有道韩文”（《记旧本韩王后》），因此欧阳修再次落榜。

天圣六年（1028），欧阳修拜谒了翰林学士、知汉阳军胥偃，基于上次落榜的教训，欧阳修尝试迎合时代要求，创作了骈文《上胥学士偃启》，文中记载："伏惟某官禀粹天英，抽华道秘。虹霓远映，拂霄堮而垂光；黼黻摛文，绚云河而发藻。游士乡而著品，入圣域以践优。爽爽之声，轶前良而通美；琅琅其璞，瑞昭世以称珍。爰自览辉下翔，阶木特起，掎袂于群英之彀，颉弁乎千龄之辰。列坐棘以联曹，署法庭而奏谳。若若怀绶，宛转于一纶；翘翘聘车，壅容于半刺。陈仲举以题舆而擅美，何恭祖以丽帻而驰称。垂腰佩刀，见赏三公之器；追锋给传，终膺双武之皮。第连最以推高，贲初仪而上获。公车以两令而持牍，绨几以十篇而奏文。禅衣曲裾，暮召大台之对；尚方给札，霈洒鸿都之毫。"果然，这次尝试很成功，胥偃看后深为欧阳修的才情所折服，断言欧阳修"当有名于世"，将其留置门下，并于次年同其来到了京师汴梁（今开封）。随后欧阳修参加了国子监的入学考试，这次考试中，他顺利名获第一，补位广文馆生。天圣八年（1030），欧阳修参加由翰林学士晏殊主持的科举礼部考试，又名列榜首，并在三月皇帝亲自主持的殿试中，名列甲科第十四，荣选为进士，并被任命为西京留守推官。三试第一的传奇使得欧阳修春风得意，一时声名鹊起，也是从这时起欧阳修正式踏上了仕途。

西京留守长官钱惟演乃吴越王钱俶之子，出将入相，地位显赫，真宗时，历任直秘阁、知制诰、翰林学士、枢密副使等官职。钱惟演博学能文、礼贤惜才的品质，使其幕府里集中了一大批文学之士。"河南地望雄西京，相公好贤天下称。吹嘘死灰生气焰，谈笑暖律回严凝。曾陪樽俎被顾盼，罗列台阁皆名卿。”（《送徐生之渑池》）从欧阳修所写诗句中可以得知，当时钱惟演的幕府中人才济济，氛围和谐。也正是因为这种宽松的幕府环境，僚属们有了更多的时间与精力切磋诗文，在饮酒赋诗中畅谈人生。

欧阳修任职西京留守推官期间，结识了对其诗文产生巨大影响的两个人——梅尧臣、尹洙。被称为宋诗“开山祖师”的梅尧臣，主张去除西昆体浮靡空泛、华而不实的弊端，追求平淡质朴的诗歌风格；尹洙师承穆修，同样主张诗文摆脱华丽浮靡，追求简约而有法、古朴而有力的风格。这种行文主张与欧阳修的写作追求不谋而合，几人志趣相投，一见如故，时常一起赏游山水，以诗会友。据记载，欧阳修极为欣赏梅尧臣，称其诗“以深远闲淡为意”，梅尧臣去世后欧阳修痛心不已，将其诗编为《梅圣俞诗集》，并为此作序，其中写道：“世既知之矣，而未有荐于上者。昔王文康公尝见而叹曰：‘二百年无此作矣！’虽知之深，亦不果荐也。若使其幸得用于朝廷，作为雅颂，以歌咏大宋之功德，荐之清庙，而追商、周、鲁颂之作者，岂不伟欤？奈何使其老不得志，而为穷者之诗，乃徒发于虫鱼物类、羁愁感叹之言。世徒喜其工，不知其穷之久而将老也，可不惜哉！……其后十五年，圣俞以疾卒于京师。余既哭而铭之，因索于其家，得其遗稿千余篇。并旧所藏，掇其尤者六百七十七篇，为一十五卷。呜呼！吾于圣俞诗论之详矣，故不复云。”从中可知，欧阳修赏识挚友的才能、抱负，又深为其不为重用，不能施展鸿鹄之志于庙堂而惋惜、呐喊，这种文人、朋友之间惺惺相惜的情感让人感慨，亦为之动容！

《欧阳修苦志探赜》就曾记载，欧阳修“举进士，试南宫第一，擢甲科，调西京推官。始从尹洙游，为古文，议论当世事，迭相师友，与梅尧臣游，为歌诗相倡和，遂以文章名冠天下”。可以说，欧阳修在钱惟演幕府中的这段时间，也正是其与文学上的知交相互进步，拓展新风的时期，他们极力摒弃宋初的浮华习气以及专事藻饰的弊病，主张革新诗文，对北宋文风的转变起到了关键的作用。

接连被贬，人生失意

景祐元年（1034），欧阳修西京留守推官秩满，他怀着无限留恋之情离开了洛阳，回京待命，后经王曙推荐进入学士院，被授任宣德郎，充馆阁校勘，参加了《崇文总目》的编纂工作。范仲淹《答手诏条陈十事》记载：“国家开文馆，延天下英才，使之直秘庭，览群书，以待顾问，以养器业，为大用之备。”由此可见，宋代的馆阁是国家育才、用才的重要机关，也是当时士子实现抱负的重要途径。从史馆、昭文馆、集贤馆，到中书舍人、知制诰、翰林学士，再到枢密院、中书门下，宋代形成了“三馆——两制——两府”的晋升渠道。因此，欧阳修担任馆阁校勘，看似是无关紧要的职责，实际上无论是对其仕途的进展还是学术的深造来说都是一个难得的平台。

景祐三年（1036），以范仲淹为代表的革新派与以宰相吕夷简为代表的守旧派爆发了第一次正面较量，范仲淹上书仁宗，指出吕夷简把持朝政，用人尽出私门，百官的迁进迟速的次序全由宰相一人主宰，劝谏仁宗必须收揽大权，避免其以权谋私，破坏宋朝家法。此举痛击了吕夷简，因此他对范仲淹怀恨在心，更是欲除之而后快。恼羞成怒的吕夷简多次在仁宗面前污蔑范仲淹“越职言事，荐引朋党，离间君臣”，仁宗因此气愤不已，将范仲淹贬往饶州，并将其“引荐朋党”“离间君臣”等罪名张榜朝堂，以作警醒。天章阁待制李纮，集贤校理王质，秘书丞、集贤校理余靖三人也因为范仲淹辩解，相继被贬，一时朝堂之上众官皆噤若寒蝉。让人愤慨的是，以规谏朝政得失为职的左司谏高若讷不仅不站出来仗义执言，反而落井下石，诋毁范仲淹“狂言自取谴辱，岂得谓之非辜”，这种是非颠倒、指鹿为马的丑陋行径彻底激怒了正直敢言的欧阳修，从宴会上回去之后的欧阳修铺展纸笔，慷慨陈词，写下了笔锋犀利的《与高司谏书》，指出：“伏以今皇帝即位已来，进用谏臣，容纳言论。如曹修古、刘越，虽殁，犹被褒称，今希文与孔道辅，皆自谏诤擢用。足下幸生此时，遇纳谏之圣主如此，犹不敢一言，何也？前日又闻御史台榜朝堂，戒百官不得越职言事，是可言者惟谏臣尔。若足下又遂不言，是天下无得言者也。足下在其位而不言，便当去之，无妨他人之堪其任者也。昨日安道贬官，师鲁待罪，足下犹能以面目见士大夫，出入朝中称谏官，是足下不复知人间有羞耻事尔！所可惜者，圣朝有事，谏官不言，而使他人言之。书在史册，他日为朝廷羞者，足下也。”文章言之凿凿，鞭辟入里，痛斥高若讷作为谏官失责却恬不知耻，位列朝廷实属有愧，当为后世所笑。这番言论使得高若讷暴跳如雷，随即将此交给了仁宗，并污蔑欧阳修口出狂言，惑乱众听。欧阳修就这样被安上“移责谏臣”“显露朋比之迹”的罪名，当即被贬为峡州夷陵县令。

被贬到夷陵的欧阳修并没有陷入低谷，整日自怨自艾，相反其重新振奋了精神，并将此次迁谪作为自己沉淀学识、升华自我的契机。这时的欧阳修忙于政事，兢兢业业，重读《易经》《诗经》《春秋》等文学经典，并整理自己的所思所想，写成了《易童子问》《易或问》《诗解》《春秋论》等专题作品，同时也在快意人生中放松自己困倦的身躯，驻足欣赏夷陵宜人的山川景色，写下了诸如《夷陵九咏》《初出真州泛大江作》《晚泊岳阳》等优秀诗作。可以说，“庐陵事业起夷陵，眼界原从阅历增”的说法是有一定道理的。景祐四年（1037），欧阳修奉旨从夷陵调移至距京城较近的乾德，此次量移虽同为县令，但这对他来说仍算是一种恩赦，令其惊喜万分，但久居下来，欧阳修渐渐发现乾德虽条件较优，但“官属无雅士”（《与梅圣俞》），且“罕有学者，幸而有之，亦不足与讲论”，这种无人与共的寂寞心境时常困扰着身在乾德的欧阳修。其在《离峡州后回寄元珍表臣》中写道：“经年迁谪厌荆蛮，惟有江山兴未阑。醉里人归青草渡，梦中船下武牙滩。野花零落风前乱，飞雨萧条江上寒。荻笋时鱼方有味，恨无佳客共杯盘。”

康定元年（1040），欧阳修调任滑州武成军节度判官，不久朝廷下令，复诏欧阳修回京，复位馆阁校勘，仍修《崇文总目》。庆历二年（1042），欧阳修出任滑州通判，掌握监察所在州府官员的权力。此时，欧阳修的仕途渐渐有了起色，但正在他想大展拳脚，实现政治抱负的时候，他的人生又迎来了一次沉重的打击。

庆历三年（1043），先后执政二十年的宰相吕夷简因年老多病辞去相位，仁宗欲借此广开言路，革除时弊。为此，仁宗增补谏官，想要发挥谏院议政的职能。欧阳修因切中时弊，敢于谏言被再次诏回京师，在谏院供职。同被任命为谏官的还有余靖、蔡襄、王素等人，他们不畏权贵，以解决宋王朝内忧外患、促进国富民强为宗旨，提出了许多治国理政的良策。欧阳修在《论按察官吏札子》中指出官吏队伍的弊病：“臣伏见天下官吏，员数极多，朝廷无由遍知其贤愚善恶。审官、三班、吏部等处，又只主差除月日，人之能否，都不可知。诸路转运使等，除有赃吏自败者临时举行外，亦别无按察官吏之术。致使年老病患者，或懦弱不材者，或贪残害物者，此等之人布在州县，并无黜陟，因循积弊，冗滥者多，使天下州县不治者十有八九。”并针对官吏冗余等现状，提出了具体的解决办法：“救其疾苦，择吏为先”，“自三丞以上至郎官中，选强干廉明者为诸路按察使”，“其公廉才干，明著实状；及老病不才，显有不治之迹者，皆以朱书于姓名之下；其中才之人，别无奇效，亦不至旷败者，则以墨书之；又有虽是常材，能专长于一事，亦以朱书别之。使还具奏，则朝廷可以坐见天下官吏贤愚善恶，不遗一人，然后别议黜陟之法。如此，足以澄清天下，年岁之间，可望致治。只劳朝廷精选二十许人充使，别无难行之事。取进止”。但是，欧阳修的治吏之法并没有被仁宗采纳，后者只是敷衍应付了事。因此，他重新递上了《论按察官吏第二状》《再论按察官吏状》两份奏章，奏明各路转运使存在的问题，并提出解决方案。

类似的奏疏还有《论河北守备事宜札子》《论军中选将札子》《论西贼议和利害状》《论方田均税札子》《论赵振不可将兵札子》等。这些奏疏针砭时弊，有的放矢，充分展现了欧阳修异于常人的治国理政之才，也助力了“庆历新政”的展开与推行。

然而由于仁宗的软弱动摇，守旧势力庞大，范仲淹、韩琦、杜衍、富弼等人相继被贬，庆历新政推行一年多就宣告失败了。庆历五年（1045），欧阳修再次被贬，谪居滁州。来到滁州的欧阳修内心悲愤交加，被诬蔑结为朋党、把持朝政的愤恨持久地困扰着他，他在《憎蚊》中将守旧势力比作吸人血的蚊虫，写道：“蝇虻蚤虱虮，蜂蝎蚖蛇蝮。惟尔於其间，有形才一粟。虽微无奈众，惟小难防毒。尝闻高邮间，猛虎死凌辱。哀哉露筋女，万古雠不复。”屋漏偏逢连夜雨，此时的欧阳修再次痛失爱子，这内外的悲痛彻底将他的人生推向了低谷。意兴寥落的欧阳修只能将内心万分的忧愁寄于山水，以此排遣烦忧。他在琅琊山疏泉凿石，建筑小亭，取名丰乐亭，并写文《丰乐亭》，记道：“修之来此，乐其地僻而事简，又爱其俗之安闲。既得斯泉于山谷之间，乃日与滁人仰而望山，俯而听泉。掇幽芳而荫乔木，风霜冰雪，刻露清秀，四时之景，无不可爱。又幸其民乐其岁物之丰成，而喜与予游也。因为本其山川，道其风俗之美，使民知所以安此丰年之乐者，幸生无事之时也。”标志着欧阳修散文风格成熟的《醉翁亭记》也诞生于滁州，文中采用韩、柳创立的新型古文形式，同时将骈文之美兼顾进来，运骈入散，极大地丰富了散文的表现形式，一时广为传诵。

庆历八年（1048），欧阳修调任扬州，并于次年再次移知颍州（今安徽阜阳），直到至和元年（1054），欧阳修才被召回京，参与《新唐书》的编撰。在这十年之间，欧阳修辗转各地，眼疾复发，当年那个意气风发、针砭时弊的谏臣如今已是满头白发，面容憔悴，让人唏嘘不已！

急流勇退却官运亨通

历经坎坷与漂泊的欧阳修此时已失去了年少激扬的斗志，他只想退出官场尔虞我诈的斗争，寄情山水，过上悠游自在的生活。但是，天意弄人，欧阳修越是要求急流勇退，越是官运亨通。嘉祐二年（1057），欧阳修以翰林学士的身份主持礼部贡举，主张文学新风，促进科场习气的改变，选拔出了苏轼、苏辙、曾巩、张载、程颢等杰出的人才；嘉祐五年（1060），欧阳修推恩赏转礼部侍郎，后兼翰林侍读学士、枢密副使，并于次年拜参知政事，进封开国公；嘉祐七年（1062），欧阳修进阶正奉大夫，次年又进阶金紫光禄大夫。可以说，欧阳修迎来了仕途的高峰。

但权位日隆的欧阳修却日益生起提前退休、回归田垄的强烈想法。他改号“六一居士”，其《六一居士传》中记载：“客有问曰：‘六一，何谓也？’居士曰：‘吾家藏书一万卷，集录三代以来金石遗文一千卷，有琴一张，有棋一局，而常置酒一壶。’客曰：‘是为五一尔，奈何？’居士曰：‘以吾一翁，老于此五物之间，是岂不为六一乎？’”直到英宗治平四年（1067），神宗才批准欧阳修的请求，出知亳州，改赐“推诚保德崇仁翊戴功臣”。后又知青州、蔡州。神宗熙宁四年（1071），欧阳修最终以观文殿学士、太子少师的荣衔致仕，归居颍州西湖。次年七月，欧阳修旧疾并发，卧床不起，最终在颍州的家中去世，终年66岁。

创作：一代文宗抒风流

欧阳修摈除晚唐五代文坛形式华丽、内容空虚的颓靡之风，领导北宋诗文革新运动，继承并发扬了韩愈、柳宗元古文的优良传统，主张“文与道俱”“道胜文至”，讲究文章立意深刻，形式隽美，对祛除西昆派在文坛上浮华怪奇的不良文风，改变科场习俗，革新北宋诗风文风作出了不可磨灭的贡献。

影响深远的文坛巨擘

欧阳修是北宋时期伟大的文学大家，与韩愈、柳宗元、苏洵、苏轼、苏辙、王安石、曾巩合称为“唐宋散文八大家”。他涉猎极广，在诗、词、散文、史学、金石学等方面都造诣颇深，著作丰富。

欧阳修的诗歌风格多样，讲究平易流畅、闲淡容与，同时也笔力雄健、构思奇巧，注重诗歌传达情感、讽谕劝诫的作用，反对西昆派脱离现实、怪诞奇涩的浮艳诗风。在被贬夷陵时期，他的诗歌更是开始将理性思考渗透于诗歌之中，从浅显逐渐走向深刻。其近体诗富于情韵，清新自然，包含振奋向上的阔达胸襟，如：“楚人自古登临恨，暂到愁肠已九回。万树苍烟三峡暗，满川明月一猿哀。非乡况复惊残岁，慰客偏宜把酒杯。行见江山且吟咏，不因迁谪岂能来！”（《黄溪夜泊》）“春风疑不到天涯，二月山城未见花。残雪压枝犹有橘，冻雷惊笋欲抽芽。夜闻归雁生乡思，病入新年感物华。曾是洛阳花下客，野芳虽晚不须嗟。”（《戏答元珍》）欧阳修古体诗则更富特色，成就也较高，尤其以七古为最。其诗学李白，善于调换韵脚，句型错落，富于情韵，自由奔放。如“胡人以鞍马为家，射猎为俗，泉甘草美无常处，鸟惊兽骇争驰逐。谁将汉女嫁胡儿，风沙无情貌如玉。身行不遇中国人，马上自作思归曲。推手为琵却手琶，胡人共听亦咨嗟。玉颜流落死天涯，琵琶却传来汉家。汉宫争按新声谱，遗恨已深声更苦。纤纤女手生洞房，学得琵琶不下堂。不识黄云出塞路，岂知此声能断肠？”（《明妃曲和王介甫作》）可以说，欧阳修诗歌以气格取胜，开拓了宋诗的一代新风。虽今仅存860余首，但其对后世诗歌的影响是不可估量的。

欧阳修特殊的人生经历使得其词多描写民俗风情、痴男怨女的婚恋故事、宴会歌舞等，带有浓郁的市井生活气息与个人情感色彩，如：“七月芙蓉生翠水。明霞拂脸新妆媚。疑是楚宫歌舞妓。争宠丽。临风起舞夸腰细。乌鹊桥边新雨霁。长河清水冰无地。此夕有人千里外。经年岁。犹嗟不及牵牛会。”（《渔家傲·七月芙蓉生翠水》）“小院深深门掩亚。寂寞珠帘，画阁重重下。欲近禁烟微雨罢，绿杨深处秋千挂。傅粉狂游犹未舍。不念芳时，眉黛无人画。薄幸未归春去也，杏花零落香红谢。”（《蝶恋花·小院深深门掩亚》）其词取材极为广泛，常借词中人物情感抒发自身志趣、理想，深沉情切，清隽疏朗。另外，欧阳修词作多喜借咏史怀古，抒发人生仕途不顺、坎坷多难的悲苦，如：“世路风波险，十年一别须臾。人生聚散长如此，相见且欢娱。好酒能消光景，春风不染髭须。为公一醉花前倒，红袖莫来扶。”（《圣无忧·世路风波险》）词中诗人借酒消愁，内心苦闷不言而喻。冯煦在其《蒿庵论词》中言欧阳修词“与元献同出南唐，而深致则过之。宋至文忠，文始复古，天下翕然师尊之，风尚为之一变”。

除了诗词，欧阳修在史学、金石学上的成就也是不容忽视的。在史学方面，欧阳修最为突出的贡献是《新五代史》和《新唐书》，其耗费十余年独立撰写了《新五代史》，承传《春秋》笔法，着意尚简，打破了旧史的体例，确立了新的编纂体制，把传记分为本纪、传、世家三类，提出了正统论和绝统论等重要的观念。明何良俊曾给予高度赞扬：“自陈寿《三国志》后，惟欧阳公《五代史》平典质直，最得史家之体。即欧阳文字中，亦无有能出其上者，这便是当行家。”其还与宋祁主持撰写了《新唐书》，第一次列出《兵志》《选举志》，系统论述了唐代的军事制度和科举制度，对于我国古代军事制度及用人制度的保存作出杰出贡献。在金石学方面，欧阳修收集、研究了三代以后的金石铭刻，辑录金石文字用以纠错补正。其辑录《集古录》《集古录跋尾序》各十卷，为我国金石学奠基之作，其历时之久、耗费心血之大无不令人肃然起敬。

开创一代文风

欧阳修博学多才，堪称文坛巨擘，但其成就最高的还是散文创作。其主张“重道以充文”“文道并重”“道胜文至”，摈弃了柳开、石介等人重道轻文的文论，继承并发展了韩、柳散文的理论，将传统的儒家之道与现实生活紧密结合起来，既注重文章内容的真实性、务实性，也注重文章语言的艺术性、隽美性，文风平易自然、不作空论。《代人上王枢密求先集序书》中记载：“故其言之所载者大且文，则其传也章；言之所载者不文而又小，则其传也不章。”这种强调“道”与“文”并重的思想，贯穿欧阳修的散文，极大地推动了古文运动的发展。

欧阳修的散文形式多样，意义丰富。其政论文如《与高司谏书》《上范司谏书》《朋党论》等洞达世情，针砭时弊，寓有现实的诤谏意义；其写景、叙事、怀人的散文如《醉翁亭记》《丰乐亭记》《王彦章画像记》等平易流畅且情韵邈远。最为难得的是，其散文兼具审美性与实用性，能对以往骈文、律赋进行革新，创造出新的文赋，“不为尖新艰险之语，而有从容闲雅之态。丰而不余一言，约而不失一辞”（金赵秉文《竹溪先生文集引》），文气自然近人。

另外，欧阳修还开创了宋代笔记文创作的先声，其文章体制短小，无固定格式，形式活泼生动。如《归田录》二卷，为欧阳修辞官隐居颍州时所作，记录了帝王将相、亲密友人等的闲谈、轶事，还收录了关于民俗风情等记述。因其真实可信，故被《宋史》《东都事略》等采用，为后世留下了非常有价值的记录。

可以说，欧阳修一扫五代的浮靡文风、西昆体的穷妍极态和“太学体”的险怪晦涩，代表了诗文革新运动的方向，从而开创了北宋一代文风，对后世散文的发展也产生了深刻久远的影响。王安石《祭欧阳文忠公文》就曾赞叹道：“豪健俊伟，怪巧瑰琦。其积于中者，浩如江河之停蓄；其发于外者，烂如日星之光辉。其清音幽韵，凄如飘风急雨之骤至；其雄辞闳辩，快如轻车骏马之奔驰。”

欧阳修诗

题荐严院

那堪多难百忧攻[1]，三十衰容一病翁。

却把西都[2]看花眼，断肠来此哭东风。

◇注释

[1] 百忧攻：《抱朴子序》：“百忧攻其心曲，众难萃于门庭。”

[2] 西都：洛阳。

◇译文

哪里能够忍受得了多灾多难又有众多忧愁攻心呢？三十岁就已是一个容颜衰老、体弱多病的老头了。

在洛阳纵情赏花游览的双眼，现在却来到这里为东风悲哭，肝肠寸断。

送朱生

万物各有役，无心独浮云[1]。

遂令幽居客，日与山云亲。

植桂比芳操[2]，佩兰[3]思洁身。

何必濯于水，本无缨上尘[4]。

◇注释

[1]“无心”句：东晋陶渊明《归去来兮辞》：“云无心以出岫，鸟倦飞而知还。”

[2]“植桂”句：古人常以兰、桂比喻高尚的节操。

[3]兰：香草。

[4]“何必”二句：《孟子·离娄上》：“有孺子歌曰：‘沧浪之水清兮，可以濯我缨；沧浪之水浊兮，可以濯我足。’”

◇译文

万物各有各的羁绊，我却内心了无牵挂就像浮云一般。

于是使那隔绝于世的幽居之客，终日与山峰、浮云相亲。

手植桂树以比美好的操行，以香草为佩饰，表示志趣高洁。

何必在水中濯洗，冠缨上本来就没有尘埃。

过钱文僖公[1]白莲庄

城南车马地，行客[2]过徘徊。
野水寒犹入，余花晚自开。
命宾曾授简[3]，开府[4]最多才。
今日西州路，何人更独来[5]。

◇注释

[1] 钱文僖公：吴越王钱俶之子钱惟演。

[2] 行客：这里指作者自己。

[3] 授简：给予宾客笔札让其写作。

[4] 开府：这里指钱惟演的府署。

[5]“今日”二句：这里指吴越王钱俶之子钱惟演已经逝去，幕府众人亦零落各地。

◇译文

城南车马来往之地，我在此来来回回地踱步。

野外的溪水仍旧寒气袭人，傍晚时分白莲花独自开放。

曾经送信给白莲社的文人学士，邀请他们前来集会写作，钱文僖公的府署最为人才济济。

今日吴越王钱俶之子钱惟演已经逝去，幕府众人亦零落各地，还有谁独自前来呢。

答钱寺丞[1]忆伊川

之子[2]问伊川，伊川已春色。
绿芷杂芳浦[3]，青溪含白石。
山阿[4]昔留赏，屐齿[5]无遗迹。
惟有岩桂[6]花，留芳待归客。

◇注释

[1] 钱寺丞：钱惟演之子钱暄。

[2] 之子：指钱暄。

[3] 浦：水边。

[4] 山阿：山崖。

[5] 屐齿：此指游踪、足迹。

[6] 岩桂：又名少花桂，乃桂兰之类。

◇**译文**

你问我伊川的情况，那里已是春意盎然了啊。

绿色的芷草杂乱地生长在满是芳香的水边，碧绿澄净的小溪里有着块块白石。

旧时在山崖处游玩赏景，如今已见不到一点游踪。

唯有岩桂盛放，散发芬芳等待归来的游客欣赏。

高楼

六曲雕栏百尺楼，帘波不定瓦如流[1]。

浮云已映楼西北，更向云西待月钩。

◇注释

[1] 帘波：指帘幕的影子在阳光照耀下摇曳如波。瓦如流：碧瓦鳞次栉比、排列整齐，如同水波流转。

◇译文

雕栏曲折连绵，楼高百尺有余，帘幕的影子随风飘动，在阳光照耀下摇曳如波，高楼的碧瓦鳞次栉比、排列整齐，如同流转的水波。

画楼高耸入云，浮云都映到了楼的西北处，人们更向着云的西面去等待那如钩的新月。

游龙门分题十五首·选三

上山

蹑屩[1]上高山，探险慕幽赏。

初惊涧芳早，忽望岩扉敞[2]。

林穷路已迷，但逐樵歌响。

◇注释

[1] 蹑屩（juē）：脚穿草鞋行走。屩，草鞋。

[2] 岩扉敞：指龙门两山之间的空间宽敞。

◇译文

穿着草鞋上高山，去探险风景绝美的幽僻之地。

初为山涧边的花草盛开甚早而惊叹，忽然间又望见龙门两山之间极为宽阔的空间。

走出森林时已经迷了路，只有追逐打樵人的樵歌寻找出路。

石楼

高滩复下滩，风急刺舟[1]难。

不及楼中客，徘徊川上山[2]。

夕阳洲渚远，唯见白鸥翻。

◇注释

[1] 刺舟：撑船。

[3] 川上山：一作“山上山”。指位于龙门山之东的香山上的石楼。

◇译文

行过高滩，又遇低滩，风浪湍急，撑船也变得异常困难。

比不上石楼上的客人，可以在位于龙门山之东的香山上的石楼上徘徊远望。

夕阳下水中的小块陆地显得广远，只看见白鸥在上下翻飞。

上方阁

闻钟渡寒水，共步寻云嶂[1]。

还随孤鸟下，却望层林上。

清梵[2]远犹闻，日暮空[3]山响。

◇注释

[1] 云嶂：云雾缭绕的山峰。

[2] 清梵：指僧侣诵经的声音。

[3] 空：一作“千”。

◇译文

听着上方阁的钟声渡过寒冷的溪水，一同行走去寻找云雾缭绕有如屏障的山峰。

随着独飞的鸟儿辗转往下行走，却又望见上方阁在层林之上。

上方阁僧侣诵经的声音虽然遥远但仍能听到，日暮时分在层峦叠嶂的山峰中回响。

夜夜曲

浮云吐明月，流影玉阶阴。

千里虽共照，安知夜夜心[1]？

◇注释

[1] 夜夜心：晚唐李商隐《嫦娥》："嫦娥应悔偷灵药，碧海青天夜夜心。"

◇译文

浮云把明月包围，月光从间隙中流出，流转波动的月光使得石阶笼罩在一片阴影之中。

分隔千里虽有明月共照，但是又怎能知道每个夜晚两地的相思之情呢？

晚过水北

寒川消积雪，冻浦渐通流。

日暮人归尽，沙禽[1]上钓舟。

◇注释

[1] 沙禽：沙洲或沙滩上的水鸟。

◇译文

寒冷山川上的积雪开始消融，入海口冰冻的河流又渐渐有舟船流通。

日暮时分游人散去，沙滩上的水鸟又飞上了钓鱼的小舟。

宜远

朱栏明绿水，古柳照斜阳。

何处偏[1]宜望？清涟对女郎[2]。

◇注释

[1] 偏：偏于、适合。

[2] 清涟：清涟阁，为北宋大臣晏殊任颍州太守时所建。女郎：女郎台，相传为春秋时期古胡子国国君为其女所筑。

◇译文

红色的栏杆照映得桥下碧绿澄净的溪水更加鲜亮，夕阳斜照着岸边的古柳。

处在什么地方远望才是更为适宜的视角？大概是清涟阁和女郎台相对的位置。

和[1]梅圣俞杏花

谁道梅花早，残年[2]岂是春？
何如艳风日，独自占芳辰。

◇注释

[1] 和：以别人的诗题及韵再作一首诗即为“和”。

[2] 残年：指年底。

◇译文

谁说梅花是一年之中开得最早的，年底难道可以算作是春天吗？
不如在艳日的春风中，独自占得花草茂盛的时节呢。

远山

山色无远近，看山终日行。

峰峦随处改[1]，行客不知名。

◇注释

[1] 改：变化。

◇译文

远望山峰，迷蒙的山色分不出远近，看着山峰近在眼前却需要整日地行走才能到达。

山峦随着行人位置的变化而呈现出千姿百态，行旅之人都叫不出它们的名字。

画眉鸟

百啭千声随意移，山花红紫树高低。

始知锁向金笼听，不及[1]林间自在啼。

◇注释

[1] 不及：比不上。

◇译文

画眉鸟百啭千声，啼声婉转，随着自己的心意飞来飞去，在那绽放得万紫千红的山花和高低错落的树林里。

这才知道把画眉鸟锁在金笼内听到的啼鸣，远比不上它在树林间悠游自在啼唱得动听。

别滁[1]

花光浓烂[2]柳轻明，酌酒花前送我行。

我亦且如常日醉，莫教弦管作离声。

◇注释

[1] 滁：滁州。

[2] 浓烂：浓艳，绚烂。

◇译文

花色浓艳绚烂，柳枝轻盈而明洁，众人在盛开的繁花前为我酌酒饯行。

我如同平日一样开怀畅饮直至喝醉，不要让管、弦乐器演奏送别的曲调了。

赠歌者

病客多年掩绿尊[1]，今宵为尔一颜醺。

可怜玉树庭花后[2]，又向江都[3]月下闻。

◇注释

[1] 掩绿尊：指戒酒。绿尊，酒杯。

[2] 玉树庭花后：即南朝陈后主所作的《玉树后庭花》。其被视为亡国之音。

[3] 江都：宋县名，今江苏扬州。

◇译文

我这个患病多年的人已经戒了酒，今夜却为你喝得面容微醺。

哀怜南朝陈后主所作的亡国之音《玉树后庭花》，如今在江都县的月下再次听闻。

金凤花

忆绕朱栏手自栽，绿丛高下几番开。

中庭[1]雨过无人迹，狼籍深红[2]点绿苔。

◇注释

[1] 中庭：庭院之中。

[2] 狼籍深红：指雨过后落花一地。

◇译文

回忆过去绕着红色的围栏亲自种植了金凤花，高高的绿草丛下繁花几次盛开。

庭院之中雨水刚停，没有半点人的踪迹，深红的花瓣洒落一地，点缀了地上的绿苔。

野鹊

鲜鲜毛羽耀朝辉，红粉墙头绿树枝。
日暖风轻言语软，应将喜报主人知。

◇**译文**

羽毛鲜艳亮丽，与朝日的光辉相互映衬，野鹊穿梭在粉红墙头和绿树枝条之间。

天气和煦微风轻柔，鹊鸣声也柔和动听，它应该是将喜事报给主人知道吧。

木芙蓉

种处雪消春始动，开时霜落雁初过。

谁栽金菊丛相近，织出新番蜀锦[1]窠。

◇注释

[1] 新番蜀锦：花样翻新的蜀地彩锦。

◇译文

种植木芙蓉的地方积雪融化，春天开始萌动，花朵盛开时正是寒霜初生、大雁南飞的季节。

不知是谁将木芙蓉与金菊丛栽得距离相近，它们在一起仿佛织出了巢穴般大小的花样翻新的蜀地彩锦。

樵者

云际依依认旧林[1]，断崖荒磴[2]路难寻。

西山望见朝来雨，南涧归时渡处深。

◇注释

[1] 旧林：旧日熟识的山林。

[2] 断崖荒磴：危险残断的山崖和荒芜的石头台阶。

◇译文

在云雾缭绕中寻找旧日熟识的山林，危险残断的山崖和荒芜的石头台阶使得前行的道路格外难以寻找。

在西山看到清晨便下起了小雨，从南边流水的山涧处回来时又看见渡水的地方深不见底。

梦中作

夜凉吹笛千山月，路暗迷人百种花。

棋罢不知人换世[1]，酒阑无奈客思家。

◇注释

[1]“棋罢”句：用王质烂柯的典故。相传晋时王质携斧头入山采樵，见二童子对弈，便置斧头于一旁，专心旁观起来。童子给王质一颗枣子似的东西，让他含在嘴中不至饥饿。后一盘棋下完，王质的斧头早已腐烂，回到家中，亲朋也早已去世，原来早已经换了人间。

◇译文

梦见自己在夜凉如水、月辉映照着千山的夜晚独自吹笛，路途昏暗，百花争妍，让人迷失在其中。

一局棋看罢不知不觉中已经换了人间，酒宴散去无可奈何间思念起我远方的家乡。

田家

绿桑高下映平川，赛[1]罢田神笑语喧。

林外鸣鸠春雨歇[2]，屋头初日杏花繁。

◇注释

[1] 赛：古代酬祭神灵，以求丰收。

[2] 歇：停止、停歇。

◇译文

桑树高低错落，掩映着平坦开阔的田野，酬祭神灵的活动结束之后人们欢歌笑语，一片喧嚣。

春雨停歇，林子外鸠鸟欢快地啼鸣起来，屋头上的杏花在初升太阳的照耀下朵朵盛开。

宿云梦馆

北雁来时岁欲昏[1]，私书[2]归梦杳难分。

井桐叶落池荷尽，一夜西窗雨不闻。

◇注释

[1] 岁欲昏：指年终。

[2] 私书：家书。

◇译文

大雁从北往南飞来时，一年也到了岁暮的时候，家书中的盼归之情与梦境中的怀归之情完全一致，让人难以分辨。

井边梧桐树叶纷纷飘落，池塘里的荷花也已凋谢殆尽，（我对你的思念竟然使我）听不见那下了一夜的滴答敲窗的大雨。

秋怀

节物[1]岂不好，秋怀何黯然！

西风酒旗市，细雨菊花天。

感事悲双鬓，包羞食万钱[2]。

鹿车[3]何日驾？归去颍东田。

◇注释

[1] 节物：不同季节时令下产生的景物。

[2] 食万钱：指俸禄。

[3] 鹿车：佛家中将羊车、鹿车、牛车同称为“三车”，即“三乘”。这里指归隐山林。

◇译文

不同季节时令下产生的景物有哪一点不使人称心如意呢？但是秋天生出的秋怀秋思却是让人那么地黯然神伤！

集市上的酒旗在西风中迎风飘荡，秋季里的菊花在蒙蒙细雨中怒放。

想到国家大事，我愁得双鬓发白，内心为白白享食朝廷俸禄而感到羞愧难当。

我终归要驾着鹿车，回到颍东去过耕田植桑的隐居生活。

戏答元珍

春风疑不到天涯[1]，二月山城[2]未见花。

残雪压枝犹有橘，冻雷[3]惊笋欲抽芽。

夜闻归雁生乡思，病入新年感物华。

曾是洛阳花下客，野芳虽晚不须嗟[4]。

◇注释

[1] 天涯：形容很远的地方，这里指峡州夷陵（今湖北宜昌）。

[2] 山城：亦指峡州夷陵。

[3] 冻雷：春雷，因初雪仍有雪，故称。

[4] 嗟：嗟叹。

◇译文

我怀疑春风吹不到峡州夷陵这么荒远的地方，已是二月这山城却还未见花开。残余的积雪压在枝头上，上面还挂着橘子，竹笋被春雷惊醒想要发出嫩芽来。

夜晚听到北归大雁的啼声，勾起了我的思乡之情，带着病痛跨进新年，美好景物的变换也让我睹物兴感。

我曾有幸在洛阳观赏过闻名的牡丹，如今虽然只能欣赏开得迟缓的夷陵野花，但也无须为此嗟叹。

再至汝阴三绝·其一

黄栗留[1]鸣桑葚美，紫樱桃熟麦风凉。
朱轮[2]昔愧无遗爱，白首重来似故乡。

◇注释

[1] 黄栗留：黄鹂鸟。

[2] 朱轮：这里指作者在颍州任知州。

◇译文

黄鹂鸟为桑葚的味美而鸣唱，樱桃熟透了呈紫红色，麦子成熟时微风泛凉。

羞愧我当时在颍州任知州期间没有为百姓多做点事情，现在白发苍苍重游此地如同回到故乡一般。

丰乐亭[1]游春三首·其一

绿树交加山鸟啼，晴风荡漾落花飞。

鸟歌花舞太守[2]醉，明日酒醒春已归。

◇注释

[1] 丰乐亭：庆历六年（1046），欧阳修知滁州时建造丰乐亭，此亭位于滁州（今安徽滁州市）西南丰山北麓。欧阳修曾写《丰乐亭记》记录亭子附近的自然风光及建亭经过。

[2] 太守：这里指作者自己。

◇译文

绿树繁茂的枝条相互交叉重叠，鸟儿在山林间欢乐地鸣啼，阳光和煦，微风轻拂，落花随风飞舞飘坠。

鸟儿鸣唱，落花齐飞，太守已酩酊大醉，待到明日酒醒之时，不觉春天已悄然回归。

雁

来时沙碛[1]已冰霜，飞过江南木叶黄。

水阔天低云暗淡，朔风[2]吹起自成行。

◇注释

[1] 沙碛（qì）：沙漠。

[2] 朔风：北风。

◇译文

大雁南下时沙漠已经结上了冰霜，飞过江南之时树叶又开始变黄。

江水辽阔，天幕低垂，云层暗淡，北风吹起时大雁自然凌空排成一行。

鹤

樊笼毛羽日低摧[1]，野水长松眼暂开。

万里秋风天外意[2]，日斜闲啄岸边苔。

◇注释

[1] 低摧：低首摧眉，形容憔悴。

[2] 天外意：高飞天外之意。

◇译文

鹤被关在牢笼之中羽毛摧颓，日渐憔悴，释放之后来到野外的水边，又飞往高大的松树上，双眼才暂时渐渐睁开。

想要在万里起秋风之时，自由自在地翱翔于天外，在夕阳西斜时悠然地啄食岸边的苔藓。

晚泊岳阳

卧闻岳阳城里钟，系舟岳阳城下树。

正见空江明月来，云水苍茫失江路[1]。

夜深江月弄清辉，水上人歌月下归。

一阕[2]声长听不尽，轻舟短楫[3]去如飞。

◇注释

[1] 失江路：指江水苍茫迷蒙导致看不清江上行船的去路。

[2] 一阕：一段乐曲终止。阕，乐曲终止。

[3] 楫：船桨。

◇译文

闲躺在行船上听到岳阳城里暮钟声声，下船时将行船系在岳阳城下的一棵树上。

正好眼见江面空阔，一轮明月渐渐升起，江面云水苍茫迷蒙，看不清江上行船的去路。

夜深时分江上明月洒下清辉，水面上传来舟子趁月晚归的歌声。

一段乐曲虽已终止但总让人听不够，舟子荡起短桨，划起轻舟，如飞似的向远方驶去。

钓者

风牵钓线袅[1]长竿，短笠轻蓑细草间，

春雨蒙蒙看不见，水烟埋却前边山。

◇注释

[1] 袅：摇曳。

◇译文

风吹钓线牵引着长长的鱼竿也跟着摇曳颤动起来，钓者头戴短笠，身穿轻蓑，穿梭在细草之间。

春雨蒙蒙，看不清远方，雾气缭绕，对面的远山仿佛被掩埋一般不见了踪影。

荷叶

池面风来波潋潋，波间露下叶田田。

谁于水上张青盖[1]，罩却红妆[2]唱采莲。

◇注释

[1] 青盖：指荷叶。

[2] 红妆：指采莲女。

◇译文

池面上吹来一阵微风，引得水面波光潋滟，流动的水波之间，那密密相连的荷叶上还滚动着晶莹的露水。

是谁在水面上张开青翠如盖的荷叶，罩住了采莲女，只能听到她唱《采莲曲》动听的声音。

牛

日出东篱[1]黄雀惊，雪消春动草芽生。

土坡平慢陂田[2]阔，横载童儿带犊行。

◇注释

[1] 东篱：篱笆墙。

[2] 陂田：山田。

◇译文

初升的太阳照耀到篱笆墙上，惊起了栖息在上面的黄雀鸟，积雪消融，春天到来，春草开始发芽生长。

土坡平缓，山田广阔，牛儿横载着孩童缓慢行走，旁边还跟着一头小牛犊。

小池

深院无人锁曲池，莓苔绕岸雨生衣[1]。

绿萍合处蜻蜓立，红蓼开时蛱蝶飞[2]。

◇注释

[1] 莓苔：地衣。雨生衣：指莓苔因多雨潮湿而生。

[2] 红蓼：一年生草本植物，茎直立、粗壮，花粉红色。蛱（jiá）蝶：蝴蝶的一类。

◇译文

幽深的庭院内没有人前来将曲折回绕的水池锁在门户之内，地衣因多雨潮湿而绕着小池的岸边生长。

绿色的浮萍叶子交叠处，有蜻蜓伫立其上，红蓼盛开时散发芬芳，引得蛱蝶翩迁而至。

霜

一夜新霜著瓦轻，芭蕉心折败荷倾。

耐寒惟有东篱菊，金蕊繁开晓[1]更清。

◇注释

[1] 晓：清晨。

◇译文

一夜过后新降的寒霜轻轻地附着在瓦片上，芭蕉心折断了，荷花也衰败折倒在一旁。

唯有篱笆墙附近的菊花最为耐寒，金色的花蕊簇拥开放，清晨的时候更为清香。

赠王介甫[1]

翰林[2]风月三千首，吏部[3]文章二百年。

老去自怜心尚在，后来谁与子争先。

朱门[4]歌舞争新态，绿绮[5]尘埃试拂弦。

常恨[6]闻名不相识，相逢樽酒盍[7]留连。

◇注释

[1] 王介甫：王安石，字介甫。

[2] 翰林：指李白。

[3] 吏部：指韩愈。

[4] 朱门：指富贵人家。

[5] 绿绮：古琴名。

[6] 恨：遗憾。

[7] 盍：何不。

◇译文

您（王安石）的诗就像李白三千诗作那样清风明月，富有才气，文章就像韩愈文章那样流芳后世。

我虽然年迈自怜但是雄心尚在，后来之人又有谁还能与您争论先后、一比高低呢。

官僚贵族之家歌舞作乐，舞女争相展示新的舞姿，擦拭古琴上的尘埃以尝试拂奏弦音。

时常遗憾虽听闻您的盛名却没有一面之缘，今日相聚，何不举起酒杯尽情流连此地呢？

琵琶亭上作

九江[1]烟水一登临，风月清含古恨深。

湿尽青衫司马泪[2]，琵琶还似雍门琴[3]。

◇注释

[1] 九江：战国楚地名。

[2]“湿尽”句：唐白居易《琵琶行》：“座中泣下谁最多，江州司马青衫湿。”

[3] 雍门琴：雍门子周以善琴见孟尝君的典故。《说苑·善说》：“雍门子周以琴见乎孟尝君。孟尝君曰：‘先生鼓琴亦能令文悲乎？’雍门子周曰：‘臣何独能令足下悲哉？臣之所能令悲者，有先贵而后贱，先富而后贫者也。不若身材高妙，适遭暴乱无道之主，妄加不道之理焉；不若处势隐绝，不及四邻，诎折加厌，袭于穷巷，无所告愬；不若交欢相爱，无怨而任离，远赴绝国，无复相见之时；不若少失二亲，兄弟别离，家室不足，忧蹙盈匈。当是之时也，固不可以闻飞鸟疾风之声，穷穷焉固无乐已。凡若是者，臣一为之徽胶援琴而长太息，则流涕沾衿矣。’”这里指悲伤哀婉的曲调。

◇译文

一在九江水烟朦胧中登上岸，月明风清都仿佛饱含了深深的离愁别恨。

泪沾湿了江州司马白居易的青衫，琵琶弹奏的声音都像雍门子周那令人悲伤哀婉的曲调。

榴花

絮乱丝繁不自持[1]，蜂黄蝶紫燕参差。

榴花最恨来时晚，惆怅春期独后期。

◇注释

[1] 不自持：不能控制自己。

◇译文

柳絮杂乱纷飞，柳条枝繁叶茂，它们不受控制地随风飘舞，黄蜂、紫蝶和燕子上下翻飞，参差不齐。

石榴花暗自悔恨花开得太晚，为春期即将过去而惆怅万分。

和圣俞百花洲二首

其一

野岸溪几曲，松蹊穿翠阴[1]。

不知芳渚[2]远，但爱绿荷深[3]。

◇注释

[1] 松：一作“沿”。蹊：小径。

[2] 芳渚：长满芳草的绿洲。

[3] 深：深邃。

◇译文

野岸边的溪水有多少道曲折，沿着狭隘的小路穿过一片翠绿的树荫。

不知道长满芳草的绿洲还有多远，只是喜爱那碧绿深邃迷人的荷叶。

其二

荷深水风阔[1]，雨过清香发。

暮角[2]起城头，归桡[3]带明月。

◇注释

[1] 水风阔：指江面广阔，江风大。

[2] 暮角：傍晚时分吹起的画角声。角，古代军乐。

[3] 归桡：归船。

◇译文

荷塘深广，江面吹来的风声呼啸不停，阵雨过后荷花散发出淡淡的清香。

傍晚时分城头传来入夜的画角声，舟子趁着月光划船而归。

欧阳修词

采桑子·轻舟短棹西湖好

轻舟短棹西湖好[1]，绿水逶迤[2]，芳草长堤，隐隐笙歌处处随。

无风水面琉璃滑，不觉船移，微动涟漪[3]，惊起沙禽[4]掠岸飞。

◇注释

[1] 短棹：短桨。西湖：指颍州西湖，在今安徽省阜阳市西北。

[2] 逶迤：连绵曲折。

[3] 涟漪：指风吹水面而起的波纹。

[4] 沙禽：水鸟。

◇译文

驾着轻快的小舟，划着短桨，舟身过处引得碧绿的水面泛起阵阵涟漪，西湖的风景真是美好极了。芳草长满堤岸，到处都能听到轻约缥缈的歌声和乐声。

水面无风，水波不兴，如同琉璃平面一样光滑，使人察觉不到小舟行驶。微风吹来，泛起了阵阵涟漪，惊得水鸟掠过湖岸低低地飞翔。

采桑子·何人解赏西湖好

何人解赏西湖好，佳景无时。飞盖相追[1]。贪向花间醉玉卮[2]。

谁知闲凭阑干[3]处，芳草斜晖。水远烟微。一点沧洲[4]白鹭飞。

◇注释

[1] 飞盖相追：指车马相互追赶。飞盖，驾车、驱车。

[2] 玉卮：玉制的酒杯。

[3] 阑干：栏杆。

[4] 沧洲：指幽僻的水边地区。

◇译文

谁人能欣赏懂得西湖的美丽呢？它任何时候都有美好的景致啊。车马相互追赶，竞相追寻佳景，贪恋地前往繁花绿叶中去饮那玉杯美酒。

谁人又懂得悠闲地凭靠在栏杆上，欣赏那夕阳西下，芳草碧连天的美景？水波幽远，烟雾朦胧，在幽僻的水边地带，一点白鹭翩跹飞来。

采桑子·画船载酒西湖好

画船载酒西湖好，急管繁弦[1]。玉盏催传[2]，稳泛平波任醉眠。

行云却在行舟下，空水[3]澄鲜。俯仰留连，疑是湖中别有天。

◇注释

[1] 急管繁弦：指乐器音调紧促、繁杂。

[2] 玉盏：玉制的酒杯。传：指行酒令传杯劝酒。

[3] 空水：指水面清澈澄明，仿佛空无一物。

◇译文

画船上满载美酒，船上管乐、弦乐音调紧促、繁杂，西湖是多么惬意、悠闲呀。在声声行酒令中主客开怀畅饮，推杯换盏，小船安稳，湖面平稳如镜，任由醉酒之人安心入眠。

俯视湖水，白云好像在行船下漂浮，水面清澈澄明，仿佛空无一物。仰头望天，又俯视看水，真怀疑湖水中别有一个空明的世界。

采桑子·清明上巳西湖好

清明上巳[1]西湖好，满目繁华。争道[2]谁家。绿柳朱轮走钿车[3]。

游人日暮相将[4]去，醒醉喧哗。路转堤斜。直到城头[5]总是花。

◇注释

[1] 上巳（sì）：古时节日名。汉以前，以农历三月上旬巳日为“上巳”，魏晋以后把上巳节定为三月三日。

[2] 争道：指游人在路上争先而行。

[3] 钿车：以金丝镶嵌作装饰的车子。

[4] 相将：相偕，相共。

[5] 城头：城墙上。

◇译文

清明、上巳节日里满目热闹繁华，西湖真是个好地方。游人穿梭如织，纷纷争先而行。翠柳掩映中，富贵人家所乘坐的朱红漆轮的马车缓缓驶过。

日暮时分，游人才相伴而归，清醒之人与酩酊大醉之人高谈阔论，喧嚣异常。极目远眺，前方小路曲折蜿蜒，湖堤仿佛由笔直变得歪斜，游人头上的簪花如同一片花海，一直延伸到城头。

采桑子·画楼钟动君休唱

画楼钟动[1]君休唱，往事无踪。聚散匆匆。今日欢娱[2]几客同。

去年绿鬓[3]今年白，不觉衰容。明月清风[4]。把酒何人忆谢公[5]。

◇注释

[1] 钟动：指奏乐。

[2] 欢娱：愉悦、欢乐。

[3] 绿鬓：乌黑光亮的鬓发。

[4] 明月清风：同“风清月白”。

[5] 谢公：即谢朓，字玄晖，南朝齐诗人。

◇译文

雕饰华丽的高楼上演奏起乐曲，但请君莫要歌唱，因为往事如烟逝去，今已没有半点踪影。聚合、离散都已匆匆。今日的欢愉片刻又有几个往日的旧友陪同呢。

去年我还是鬓发乌黑亮丽，但是今年已经发白，不知不觉中竟然已经容颜衰老。清风月明之夜，又叫我如何不举起酒杯，思念我那些逝去或离散的旧友呢？

采桑子·群芳过后西湖好

群芳过后西湖好，狼籍残红[1]。飞絮濛濛，垂柳阑干[2]尽日风。

笙歌[3]散尽游人去，始觉春空。垂下帘栊[4]，双燕归来细雨中。

◇注释

[1] 狼籍残红：指落英缤纷。残红，落花。

[2] 阑干：横斜貌。

[3] 笙歌：指奏乐唱歌。

[4] 帘栊（lóng）：窗帘。

◇译文

繁花凋败之后，西湖依旧美好如初，落英缤纷，柳絮纷飞如烟雾朦胧，横斜的垂柳在微风吹拂下整日摇摆不定。

西湖边曲终人散，才开始觉得春光易逝，内心空虚。进入屋内，放下窗帘，看到蒙蒙细雨中一对燕子乘雨归来。

采桑子·天容水色西湖好

天容[1]水色西湖好，云物[2]俱鲜。鸥鹭[3]闲眠，应惯寻常听管弦。

风清月白偏宜[4]夜，一片琼田[5]。谁羡骖鸾[6]，人在舟中便是仙。

◇注释

[1] 天容：天空中的景色。

[2] 云物：景物。

[3] 鸥鹭：一种水鸟。

[4] 偏宜：最适宜。

[5] 琼田：洁白透亮的田野。

[6] 骖（cān）鸾：指仙人乘驾鸾鸟云游。骖，乘、驾。

◇译文

天光水色相互映衬，好景名物都那么清新、明丽，西湖风光真是绝佳啊。鸥鹭安适地休眠，它们应该是听惯了丝竹管弦之乐声吧。

微风徐徐，明月皎洁，最适宜今夜的西湖，湖面好似一片洁白透亮的田野。有谁还会羡慕那乘鸾鸟飞升成仙的仙人呢？人在扁舟中悠游自在，便就是神仙啊！

采桑子·残霞夕照西湖好

残霞夕照西湖好，花坞蘋汀[1]。十顷波平，野岸无人舟自横[2]。

西南月上浮云散，轩槛[3]凉生。莲芰[4]香清，水面风来酒面[5]醒。

◇注释

[1] 花坞（wù）：花圃。蘋汀：长满水草的汀州。汀，水中或水边的平地。

[2]“野岸”句：化用唐韦应物《滁州西涧》诗：“春潮带雨晚来急，野渡无人舟自横。”

[3] 轩槛：窗户前的栏杆。

[4] 芰（jì）：菱。

[5] 酒面：饮酒后的面色。

◇译文

夕阳西下，残霞漫天，有繁花似锦的圃园与长满水草的洲渚，西湖的景色真是绝美。数顷湖面浩渺无涯且风平浪静，野岸游湖的活动结束，游人尽散，小舟随意地停歇。

西南处月亮初升，浮云随之皆散去，窗外的栏杆上生出丝丝凉意。莲花散发出清新、淡雅的芬芳，水面微风拂面，吹醒了我醉酒的面庞。

采桑子·平生为爱西湖好

平生为爱西湖好，来拥朱轮[1]。富贵浮云[2]，俯仰[3]流年二十春。

归来恰似辽东鹤[4]，城郭人民，触目皆新，谁识当年旧主人[5]？

◇注释

[1] 来拥朱轮：指到颍州当太守。朱轮，红色的车轮。汉代郡守以上的高官所乘坐的马车即为红色。

[2] 富贵浮云：这里指视富贵如过眼云烟。《论语·述而》："不义而富且贵，于我如浮云。"

[3] 俯仰：比喻时间短暂。

[4] 辽东鹤：这里指辽东人丁令威学得仙道，化鹤归飞之事。

[5] 旧主人：这里指曾任地方官的词人自己。

◇译文

平生为赏西湖之美，特来颍州担任太守。功名、富贵对我来说就如过眼云烟，转瞬之间已过去了二十个春秋。

归来时好似辽东人丁令威升仙得道，化鹤归辽，城郭依旧，但是那里生活的人民已非旧人。望眼过去满是新色，谁还认识旧时担任过地方官的自己呢？

采桑子·十年前是尊前客

十年前是尊[1]前客，月白风清[2]。忧患凋零，老去光阴速可惊。

鬓华[3]虽改心无改，试把金觥[4]。旧曲重听，犹似当年醉里声。

◇注释

[1] 尊：酒杯。

[2] 月白风清：形容月明幽清之夜。

[3] 鬓华：指鬓发花白。

[4] 金觥：酒杯。

◇译文

多年前我还是酒樽之前的宴上客，经常于月明风清的疏朗之夜与友人把酒宴饮。无奈自己遭逢了许多忧患，漂泊不定，友人也逐渐凋零殆尽，光阴似箭，年华老去的速度使人心惊。

虽然两鬓发白，但我那颗奋发有为的火热之心未曾更改，试举酒杯，重听旧曲，似乎还和当年醉后的曲声一样。

采桑子·荷花开后西湖好

荷花开后西湖好，载酒来时。不用旌旗[1]。前后红幢绿盖[2]随。

画船撑入花深处，香泛金卮。烟雨微微。一片笙歌醉里归。

◇注释

[1] 旌旗：这里指旌旗组成的仪仗队伍。

[2] 红幢（chuáng）：红色的旌旗。绿盖：绿色的车盖。

◇译文

荷花盛开后西湖风景更是优美、动人，满载美酒前来游赏时，用不着旌旗组成的仪仗队，自有红艳的荷花为幢，翠绿的荷叶为盖，前后簇拥着随船而来。

画船驶入了荷花深处，饮酒的金杯上都泛起了荷花的清香。天空下起蒙蒙细雨。在一片笙歌奏乐中，小船载着醉酒的游客缓缓归来。

采桑子·春深雨过西湖好

春深[1]雨过西湖好，百卉[2]争妍。蝶乱蜂喧，晴日催花暖欲然[3]。

兰桡画舸悠悠去[4]，疑是神仙。返照波间，水阔风高扬管弦。

◇注释

[1] 春深：春意浓郁。

[2] 百卉：泛指各类花草。卉，草的总称。

[3] 然：同“燃”。

[4] 兰桡：小舟的美称。画舸：雕饰精致的游船。

◇译文

浓春雨停，西湖的景色更是美丽迷人，各类花草，争奇斗艳。蝴蝶翩跹，蜜蜂喧闹，暖融融的日光更催得繁花盛开，红艳艳的如同烈火燃烧般光辉、热烈。

乘着雕饰精致的游船，缓缓行驶，如同神仙游玩人间般悠游自在。夕阳灿烂的霞光洒在水波之上，水面广阔，清风阵阵，管弦乐音愈显清扬。

渔家傲·一派潺湲流碧涨

一派潺湲流碧涨[1]。新亭[2]四面山相向。翠竹岭头明月上。迷俯仰[3]。月轮[4]正在泉中漾。

更待高秋天气爽。菊花香里开新酿。酒美宾嘉[5]真胜赏。红粉[6]唱。山深分外歌声响。

◇注释

[1] 潺湲：形容水流缓慢不断。碧涨：流动的绿水。

[2] 新亭：指醉翁亭，在今安徽滁州。

[3] 俯仰：纵目观赏。

[4] 月轮：满月。

[5] 宾嘉：语出《诗经·小雅·鹿鸣》："我有嘉宾，鼓瑟吹笙。"

[6] 红粉：指歌女。

◇译文

一条支流缓缓流动，绿水环绕。醉翁亭四周被群山环抱。翠竹岭头一轮明月初升。我纵目观赏又往下俯视。看见月轮正在泉水中荡漾。

等到秋高气爽时节，打开新酿的美酒，散发芬芳的菊花香气。既有美酒，又有嘉宾，真是极佳的观赏之景。歌女欢唱着悠扬婉转的歌曲，歌声飘荡在深山里显得格外响亮。

渔家傲·正月斗杓初转势

正月斗杓初转势[1]，金刀剪彩功夫异[2]。称庆高堂欢幼稚[3]。看柳意，偏从东面春风至。

十四新蟾圆尚未[4]，楼前乍看红灯试[5]。冰散绿池泉细细，鱼欲戏，园林已是花天气[6]。

◇注释

[1] 斗杓（biāo）：即斗柄，北斗星柄部三星。宋王安石《作翰林时》诗："欲知四海春多少，先向天边问斗杓。" 初转势：谓新春开始。

[2] 金刀：剪刀。剪彩：古代女子常将五色绸或纸剪成人胜，簪在头发上或贴在屏风上，以作装饰。彩，指"彩胜"。

[3] 称庆：指晚辈向长辈献寿、祝福。高堂：指父母。幼稚：指孩童。

[4] 十四：农历正月十四。新蟾：新春之月。蟾，月。

[5] 红灯试：古代人们在正月十五元宵节张灯称为上灯，灯节前夜点灯称为试灯。

[6] 花天气：指百花盛开的热闹天气。

◇译文

正月里北斗星柄部的三星转动，表示春回大地。女子们用剪刀剪出各式做工精湛的人胜簪在头发上。子女向父母献寿、祝福，孩童们亦喜庆、快乐。看那柳条颜色变深，显示出盎然的春意。春风偏从东面而至。

正月十四日的月亮还没有形成满月。楼前看人们正在正月十五元宵节前夜点灯。寒冰消融，一池绿水，泉水涓涓。鱼儿在其中嬉戏游玩。园林中已是百花盛开的热闹天气。

渔家傲·二月春耕昌杏密

二月春耕昌[1]杏密，百花次第争先出。惟有海棠梨第一。深浅[2]拂，天生红粉真无匹[3]。

画栋归来巢未失，双双款语怜飞乙[4]。留客醉花迎晓日，金盏[5]溢，却忧风雨飘零疾。

◇注释

[1] 昌：通“菖”，即菖蒲，多年生草本植物。

[2] 深浅：指海棠梨的花色。

[3] 无匹：无可匹敌。

[4] 款语：指燕语。飞乙（旧读 yà）：飞燕。乙，同“鳦”，紫燕。

[5] 金盏：指金酒杯。

◇译文

仲春二月，正值春耕，菖蒲、杏花繁密、茂盛，百花先后开放。这其中要数海棠梨为第一。花色深浅不一，天生颜色艳丽，是其余繁花无法匹敌的。

燕子飞回画楼之上，鸟巢仍在，它们双双对对，呢喃燕语，格外惹人怜爱。留住客人，斟满金杯，一同在花间一醉方休，等待晓日的到来，但仍担忧风雨吹打，繁花凋谢，春光不在。

渔家傲·三月清明天婉娩

三月清明天婉娩[1]，晴川祓禊[2]归来晚。况是踏青来处远。犹不倦，秋千别闭深庭院。

更值牡丹开欲遍，酴醾[3]压架清香散。花底一樽谁解劝。增眷恋，东风[4]向晚无情绊。

◇注释

[1] 婉娩（wǎn）：柔顺、和顺。

[2] 祓禊（fú xì）：每年上巳节（三月三日）在水边举行祭礼，以洗濯去垢，祛除不祥。

[3] 酴醾（tú mí）：亦作“荼蘼”，花名。落叶灌木，春末开白花，味甚香。

[4] 东风：春风。

◇译文

三月清明节天气风和日丽，在晴朗的水边举行洗濯去垢、祛除不祥的祭礼，很晚才归去。何况结束祓禊之礼后还前往遥远的地方踏青呢。兴尽归来，仍不疲倦，只剩下秋千被关在深深的庭院里，无人玩耍。

此时更值牡丹花繁花开遍，荼蘼花沉沉地压在花架上，散发着迷人的芳香。在花底下酌饮一壶美酒，有谁能宽慰我这惜花之情？徒增我的缱绻思念。时近傍晚，春风无情地把人羁绊于此。

渔家傲·四月园林春去后

四月园林春去后，深深密幄[1]阴初茂。折得花枝犹在手，香满袖，叶间梅子青如豆。

风雨时时添气候[2]，成行新笋霜筠[3]厚。题就送春诗几首，聊对酒，樱桃色照银盘溜[4]。

◇注释

[1] 密幄：浓荫。幄，帐篷。

[2] 添气候：这里指天气转暖。

[3] 霜筠：竹笋壳上有如同霜的白粉。筠，竹皮。

[4] 溜：光滑。

◇译文

四月的园林里已经找不到春天的踪迹，茂密的枝叶如同帐篷遮出片片浓荫。春天折的花枝还在手中，花枝的香气仍充满整个衣袖，叶间的梅子却已经长成了青豆般大小。

风风雨雨中，天气逐渐转暖，成行的新竹上结着厚厚的霜一样的白粉。写就几首咏春的诗句，聊以对酒吟诗。樱桃色泽鲜红，映衬得银盘光滑、耀眼。

渔家傲·五月榴花妖艳烘

五月榴花妖艳烘[1]，绿杨带雨垂垂重。五色新丝缠角粽[2]，金盘送，生绡[3]画扇盘双凤。

正是浴兰时节[4]动，菖蒲酒[5]美清樽共。叶里黄鹂时一哢[6]，犹瞢松[7]，等闲[8]惊破纱窗梦。

◇注释

[1] 妖艳烘：这里指榴花红艳似火。烘，烧。

[2] 角粽：粽子。

[3] 生绡：生丝织成的轻薄丝绸。

[4] 浴兰时节：指古代端午时节，人们以兰草煎制的汤水沐浴。

[5] 菖蒲酒：古代端午时节，人们常饮用菖蒲泡的酒以祛除灾害、延年益寿。

[6] 哢（lòng）：指黄鹂鸣叫。

[7] 瞢（méng）松：指似醒非醒时的迷糊状态。

[8] 等闲：无端。

◇译文

五月榴花盛开，红艳似火，翠绿的杨柳被雨打湿，重重地低垂着柳枝。粽子用五色丝线缠着，用金盘盛送上桌，连生丝织成的轻薄画扇上也都绘着双双的凤鸟图案。

此时正是沐浴兰汤，共举酒杯，畅饮菖蒲美酒的时节。绿叶底下时不时传来黄鹂的婉转啼鸣，好像还处在似醒非醒的迷糊状态，但却无端地惊醒了那纱窗里的人儿的睡梦。

渔家傲·六月炎天时霎雨

六月炎天时霎雨[1]。行云涌出奇峰露。沼上嫩莲腰束素[2]。风兼露[3]，梁王宫阙[4]无烦暑。

畏日亭亭残蕙炷[5]。傍帘乳燕[6]双飞去。碧碗敲冰倾玉[7]处，朝与暮，故人风快[8]凉轻度。

◇注释

[1] 时霎雨：即霎时雨，指阵雨。

[2] 腰束素：形容荷花纤细。束素，宋玉《登徒子好色赋》："腰如束素，齿如含贝。"

[3] 风兼露：《初学记》卷三引《关中记》："桂宫一名甘泉，又作迎风观、寒露台以避暑。"

[4] 梁王宫阙：汉代梁孝王刘武的宫苑。这里借指官宦贵族人家。

[5] 蕙炷：炉香。

[6] 乳燕：雏燕。

[7] 敲冰倾玉：取冰做冷饮，用来消暑。

[8] 风快：指夏天的风清爽畅快。

◇译文

六月夏天炎热，时下阵雨。行云形态万千，涌出奇峰的形状。水池上的嫩莲如美女纤腰，婀娜多姿。汉代梁孝王刘武的宫苑建有迎风观、寒露台以避暑，应该不用烦恼夏天的暑热。

夏天的太阳炙热可畏，用蕙草制成的炉香即将燃尽，亭亭直立。傍晚时分，帘幕外雏燕双双飞去。碧碗取冰做冷饮以消暑之处，与友人享受早晨的清凉和傍晚的清爽畅快，轻松愉快地度过夏日。

渔家傲·七月芙蓉生翠水

七月芙蓉生翠水[1]。明霞拂脸新妆媚。疑是楚宫歌舞妓。争宠丽。临风起舞夸腰细。

乌鹊桥边新雨霁。长河清水冰无地[2]。此夕有人千里外。经年岁。犹嗟不及牵牛会[3]。

◇注释

[1] 翠水：绿水。

[2] 长河：指天河、银河。唐陈子昂《春夜别友人》：“明月隐高树，长河没晓天。”冰无地：清凉至极。无地，不尽、至极。

[3] 牵牛会：指牵牛织女相会之事。

◇译文

七月荷花出于绿水。明亮的霞光拂照在上面，显得娇媚可爱。它们临风起舞，就像是楚宫的舞女为争宠争妍而自夸腰身纤细。

喜鹊桥边新雨初停。银河水清见底，清凉至极。此夕有人遥在千里之外。经历年年岁岁，在牵牛织女相会的日子，感叹自己还不及他们有一年一度相会的机会。

渔家傲·八月微凉生枕簟

八月微凉生枕簟[1]。金盘露洗秋光淡[2]。池上月华开宝鉴[3]。波潋滟[4]。故人千里应凭槛。

蝉树无情风苒苒[5]。燕归碧海珠帘掩[6]。沈臂冒霜潘鬓减[7]。愁黯黯[8]。年年此夕多悲感。

◇注释

[1] 枕簟：枕头和凉席。

[2]“金盘”句：指秋光如露洗般素淡。

[3] 宝鉴：宝镜。这里喻指明月。鉴，镜子。

[4] 潋滟：水光波动貌。

[5] 蝉树无情：李商隐《蝉》：“五更疏欲断，一树碧无情。”苒苒：轻柔貌。

[6] 碧海：青天。揜：同“掩”，遮掩。

[7] 沈臂：沈约之臂。冒霜：指手臂惨白没有血色。潘鬓：潘岳的鬓发。

[8] 黯黯：沮丧忧愁貌。

◇译文

八月份的枕头和凉席已经生出些微凉意，月光也如同被秋露洗过一般，发出素淡的光芒。小池上月光反射，犹如宝镜一般。水面波光盈盈。相隔千里的故人应该正凭靠着栏杆吧。

蝉声疏弱，树色深碧，任凭微风轻柔地吹拂。燕子飞往青天，帘幕低垂遮掩。沈约之臂惨白没有血色，潘岳的鬓发衰减发白。让人忍不住沮丧忧愁。年年这个时候都增加几许悲愁之感。

渔家傲·九月霜秋秋已尽

九月霜秋秋已尽，烘[1]林败叶红相映。惟有东篱黄菊盛。遗金粉[2]，人家帘幕重阳近。

晓日阴阴晴未定，授衣[3]时节轻寒嫩。新雁一声风又劲，云欲凝，雁来应有吾乡信。

◇注释

[1] 烘：形容红叶似火。

[2] 金粉：指菊花花瓣。

[3] 授衣：古时秋末要为征人等制备寒衣。《诗·风·七月》：“七月流火，九月授衣。”

◇译文

九月寒霜始降，秋天已经快要结束了。霜叶似火烘般红艳，枯黄的树叶与之辉映。唯有东篱之下的黄菊还依旧盛开。不时还飘洒下片片菊花花瓣。

人家帘幕低垂，重阳节又将近了。

初升的太阳阴沉沉的，阴晴不定。为征人制备寒衣的时节已经轻微起了寒意。刚从北方飞来的大雁一声声啼鸣，西风越吹越劲。云朵将要凝结不动。大雁应该带来了我家乡的书信吧。

渔家傲·十月轻寒生晚暮

十月轻寒生晚暮。霜华[1]暗卷楼南树。十二栏干[2]堪倚处。聊一顾。乱山衰草还家路。

悔别情怀多感慕。胡笳不管离心苦。犹喜清宵长数鼓。双绣户[3]。梦魂尽远还须去。

◇注释

[1] 霜华：指霜。沈括《梦溪笔谈》："天圣中青州盛冬浓霜瓦屋皆成百花。"

[2] 十二栏干：曲折的栏杆。

[3] 绣户：多指妇女的居室。

◇译文

十月份的黄昏时分已经生出了些微的寒意。南楼边的树叶被霜华侵袭，开始凋零。曲曲折折的栏杆可作为凭靠之处，暂且回首一望。回乡的路途尽是乱山衰草。

生出后悔别离的情绪，内心充满思念的感伤之情。胡笳却不管离人的心绪凄苦。仍然为了清净且漫长的夜晚而欣喜。那雕饰精美的门户，梦魂虽离它遥远但还想借此回去。

渔家傲·十一月新阳排寿宴

十一月新阳[1]排寿宴，黄钟应管添宫线[2]。猎猎[3]寒威云不卷。风头转，时看雪霰[4]吹人面。

南至迎长知漏箭[5]，书云纪候[6]冰生研。腊[7]近探春春尚远。闲庭院，梅花落尽千千[8]片。

◇注释

[1] 新阳：指冬至。

[2] 黄钟：乐律十二律中的第一律。添宫线：唐时宫中的女子以纺线的多寡来推断日夜的长短。冬至以后，白昼渐长，纺线也日益增加。

[3] 猎猎：象声词。

[4] 雪霰：雪珠。

[5] 南至：即冬至。漏箭：古代以滴漏来计时，壶中竖箭，以箭上的刻度报时。

[6] 书云纪候：古时有冬至日观云占岁之说，以判断来年的吉凶。研：砚池。

[7] 腊：腊日。《荆楚岁时记》：“十二月八日为腊日。”

[8] 千千：表示众多。

◇译文

十一月冬至之日摆排寿宴，祈福祝寿，冬至后，仲冬之气与黄钟之气相应，宫女也日益增加纺线。风吹得呼呼作响，饱含严寒的威力，但云朵却不为卷动。风势转动，不时看见雪珠吹打人脸。

冬至开始，从用来计时的滴漏得知白昼越来越长，冬至日观云占岁，连砚池都生了冰。腊日已近，探寻春天却还遥远。寂静的庭院里，梅花纷纷凋落。

渔家傲·十二月严凝天地闭

十二月严凝[1]天地闭，莫嫌台榭无花卉。惟有酒能欺雪意。增豪气，直教耳热笙歌沸。

陇上[2]雕鞍惟数骑，猎围[3]半合新霜里。霜重鼓声寒不起。千人指，马前一雁寒空坠。

◇注释

[1] 严凝：严寒。

[2] 陇上：指原野。

[3] 猎围：捕猎野兽的围场。

◇译文

十二月天气严寒，天地闭塞不通，不要嫌弃亭台楼榭处没有鲜花嫩草。唯有喝酒能压倒阵阵寒气。人们豪气顿增，耳朵发热，就连助兴的笙歌也如沸腾般热闹。

原野上只有数个骑马的人，捕猎野兽的围场上人们半围住布满新霜的猎场，只留出一个缺口，供野兽逃窜。霜气厚重，鼓声也沉闷不响。许多人遥指远方，原来是一只大雁中箭，从寒空之中坠落在马前。

渔家傲·九日欢游何处好

九日[1]欢游何处好。黄花[2]万蕊雕栏绕。通体清香无俗调。天气好，烟滋露结[3]功多少。

日脚清寒高下照。宝钉[4]密缀圆斜小。落叶西园风袅袅。催秋老。丛边莫厌金樽倒。

◇注释

[1] 九日：重阳节。

[2] 黄花：即菊花。

[3] 烟滋露结：指菊花受露水的滋润。

[4] 宝钉：这里指繁密的小菊花。

◇译文

重阳佳节到哪里才是欢游的好去处呢。菊花万朵围绕在雕栏旁，通体清香没有一点俗调。天气极好，菊花盛开是不少露水滋润的功劳。

阳光照耀下，天气清朗而有寒意。菊花形小而圆，像宝钉一样繁密地连缀在一起。西园里黄叶飘落，秋风袅袅。催得进入深秋。不要讨厌那赏菊之人举杯醉倒在菊花丛边啊。

渔家傲·与赵康靖公

四纪[1]才名天下重。三朝构厦[2]为梁栋。定册[3]功成身退勇。辞荣宠。归来白首笙歌拥。

顾我薄才无可用。君恩近许归田垅。今日一觞[4]难得共。聊对捧。官奴为我高歌送。

◇注释

[1] 四纪：四十年。十年为一纪。

[2] 构厦：建造大厦。比喻建成大业。

[3] 定册：定策。古代朝臣谋立天子为定策、定册。

[4] 一觞：指饮酒。

◇译文

您的才华与名望名扬天下四十年，仕途跨度三朝，为国家栋梁之材。拥立神宗即位后，便功成身退。辞去荣华富贵与君主的宠爱。归来时虽已白头但仍笙歌簇拥。

回头看看自己却是没有什么才能，百无一用。神宗恩准我告老还乡，回归颍州。今日一起共饮实在是难得。姑且让我们举杯对酌。官奴为我高声歌唱，以此送别。

渔家傲·荷叶田田青照水

荷叶田田青照水，孤舟挽[1]在花阴底。昨夜萧萧疏雨坠。愁不寐，朝来又觉西风起。

雨摆风摇金蕊碎，合欢枝上香房翠[2]。莲子与人长厮类，无好意，年年苦在中心里。

◇注释

[1] 挽：系。

[2] 合欢枝：指并蒂莲。香房：莲蓬。

◇译文

鲜碧茂盛的荷叶倒映在清澈的湖水中，一叶孤舟系在浓密的花荫之中。昨夜下起了萧萧夜雨。因愁绪而整夜未眠，早晨起来又觉秋风渐起。

风雨飘摇之中，荷花柔嫩的金蕊也随着破碎，并蒂莲上擎起一只翠绿的莲蓬。莲子与人极其相似，没有美好的意愿，内心年年都苦涩、哀怨。

渔家傲·粉蕊丹青描不得

粉蕊[1]丹青描不得。金针线线功难敌。谁傍暗香轻采摘。风淅淅。船头触散双鸂鶒[2]。

夜雨染成天水碧[3]。朝阳借出胭脂色。欲落又开人共惜。秋气逼。盘中已见新荷的[4]。

◇注释

[1] 粉蕊：《珠玉词》作“粉笔”。

[2] 鸂鶒（xī chì）：水鸟。形大于鸳鸯，而多紫色，俗称紫鸳鸯。

[3] 天水碧：浅青色。相传南唐后主李煜喜爱绿衣，宫中女子纷纷储存露水用以染衣。

[4] 荷的：莲子。

◇译文

粉笔丹青描绘不出荷花的神韵。金针彩线也难以与它的美丽匹敌。谁在傍晚时分轻轻采摘那暗香浮动的荷花。微风淅淅中，船头惊散了水中那双双对对的紫鸳鸯。

夜雨将荷叶染成水天的碧绿色。朝阳则借给荷花鲜红靓丽的胭脂红。荷花欲落又开的样子惹人怜惜。秋气逼人之际，盘中已经能看到新的莲子了。

渔家傲·暖日迟迟花袅袅

暖日迟迟花袅袅。人将红粉争花好。花不能言惟解笑。金壶倒。花开未老人年少。

车马九门来扰扰[1]。行人莫羡长安道[2]。丹禁漏声衢鼓报[3]。催昏晓。长安城里人先老。

◇注释

[1] 扰扰：纷乱貌。

[2] 长安道：指都城汴京热闹繁华的街道。

[3] 丹禁：指皇帝所居的禁城。衢鼓：街鼓。

◇译文

春日温暖舒缓，花朵纤柔摇曳。年轻的女子与鲜花争美斗艳。鲜花不能言语，唯有态若含笑。趁着繁华盛开尚未衰败，人还年少的时候，开怀畅饮到酒壶倾倒。

车马来往禁城中的九门，纷纷扰扰。行人你不要羡慕那热闹繁华的汴京街道。帝王居住的禁城里滴漏、街鼓之声时时传报，催得即将破晓。长安城里的人儿也预先衰老了呀。

渔家傲·花底忽闻敲两桨

花底忽闻敲两桨，逡巡[1]女伴来寻访。酒盏旋将荷叶当[2]。莲舟荡，时时盏里生红浪。

花气酒香清厮酿[3]，花腮酒面红相向。醉倚绿阴眠一饷。惊起望，船头阁[4]在沙滩上。

◇注释

[1] 逡巡：顷刻。

[2] 当：代替。

[3] 清厮酿：指花香、酒香混成一片。

[4] 阁：同“搁”。

◇译文

荷花深处突然响起船桨的声音，顷刻间女伴便来寻访。随即将荷叶代替酒杯。荡起莲船，荷花的影子照在酒杯里时时翻起红色的波浪。

芬芳的荷香与美酒的清香互相混合在一起，荷花的红晕与女子脸庞的红晕也交相辉映着。醉酒后倚靠在绿荫处打起盹来。睡醒时惊讶地望见，船头竟然搁浅在沙滩上了。

渔家傲·对酒当歌劳客劝

对酒当歌劳客劝。惜花只惜年华晚。寒艳冷香秋不管。情眷眷[1]。凭栏尽日愁无限。

思抱芳期随塞雁[2]。悔无深意传双燕。怅望一枝难寄远[3]。人不见。楼头望断相思眼。

◇注释

[1] 眷眷：流连顾盼貌。

[2] 抱：心怀。芳期：重阳节。

[3] “怅望”句：化用陆凯《赠范晔》：“江南无所有，聊赠一枝春。”

◇译文

面对美酒歌唱舞蹈，美人在一旁相劝却毫无兴致。因为年华已晚而惋惜起花来。花朵冷艳幽香却不被秋所顾及。内心情丝依恋不断。凭靠栏杆却整日都是愁绪无限。

托那塞外的鸿雁在重阳佳节之日传递我的思念之情。悔恨我没有将内心的深深情意早点传递给远行的双雁。只能惆怅地望着鸿雁却难以远寄我的思念。远离亲人，我站在楼头上望向远方，望穿了思念的双眼。

蝶恋花·越女采莲秋水畔

越女采莲秋水畔。窄袖轻罗[1]，暗露双金钏[2]。照影摘花花似面。芳心只共丝争乱。

鸂鶒滩头风浪晚。雾重烟轻，不见来时伴。隐隐歌声归棹[3]远。离愁引著江南岸。

◇注释

[1] 轻罗：轻薄柔软的丝织品。

[2] 金钏（chuàn）：金镯。

[3] 棹：船桨。

◇译文

越女在秋水湖畔采莲。她身着衣袖短窄的柔软丝织品，暗暗露出一对金镯来。采摘荷花时照见自己的面庞如同荷花一般红润。芳心一同随着那扯断的藕丝涌动。

紫鸳鸯游戏的滩头不觉风浪渐起，天色渐晚。浓雾厚重，轻烟袅袅，看不见来时的玩伴。隐约之中听到她们唱着歌曲，划着船桨渐渐远去。无尽的离愁牵引着江南两岸。

蝶恋花·画阁归来春又晚

画阁归来春又晚。燕子双飞，柳软桃花浅。细雨满天风满院。愁眉敛尽无人见。

独倚阑干心绪乱。芳草芊绵[1]，尚忆江南岸。风月无情人暗换。旧游如梦空肠断。

◇注释

[1] 芊绵：草木茂盛丛生貌。

◇译文

回到用彩绘装饰的楼阁之时春光已晚。燕子双双翩跹，柳枝轻软，桃花色浅。天空下着细雨，院子里刮着微风。含愁的双眉紧紧收敛却无人相见。

独自倚靠在栏杆上内心愁绪纷飞。芳草茂盛丛生，使人回忆起江南岸的日子。风月无情，人儿也不知不觉地更换。昔日的游览仿佛梦境，只能空自断肠。

蝶恋花·庭院深深深几许

庭院深深深几许？杨柳堆烟，帘幕无重数。玉勒雕鞍游冶处[1]，楼高不见章台路[2]。

雨横风狂三月暮，门掩黄昏，无计留春住。泪眼问花花不语，乱红[3]飞过秋千去。

◇注释

[1] 玉勒雕鞍：玉饰的笼头、雕花的马鞍。指华丽、贵气的马车。游冶处：歌楼妓馆。

[2] 章台路：指歌妓所居之所。

[3] 乱红：残落的花。

◇译文

庭院幽深寂静，到底有多深呢？杨柳繁盛茂密，帘幕重重叠叠算不清楚。不知你乘坐华车骏马在哪里游玩寻乐，登上高楼也没有看见你归来的身影。

急雨、狂风乱作，已是暮春三月，门儿掩住了黄昏，却依旧没有办法留住春光。眼含泪水想要问花，但花儿却不言语，凌乱的残花随着微风飞过秋千的另一边去了。

蝶恋花·面旋落花风荡漾

面旋落花[1]风荡漾，柳重烟深，雪絮[2]飞来往。雨后轻寒犹未放[3]，春愁酒病成惆怅。

枕畔屏山围碧浪，翠被花灯，夜夜空相向。寂寞起来褰绣幌[4]，月明正在梨花上。

◇注释

[1] 面旋落花：指风吹落花，在人面前打旋。

[2] 雪絮：雪白的柳絮。

[3] 放：消失。

[4] 褰：拉开。绣幌：刺绣的幔帐。

◇译文

微风荡漾，吹得落花在人面前打旋，柳树繁盛茂密，雪白的柳絮徘徊飞旋。雨后轻微的寒气仍未消失，春日的愁绪和喝酒落下的病痛都化成了内心的惆怅。

枕畔的屏风上画着碧绿的波浪，身边只有翠被和装饰华美的灯相伴，夜夜与人白白相对。寂寞袭人，坐起来拉开绣花的帷幔，皎洁的月亮正照在梨花上面。

蝶恋花·海燕双来归画栋

海燕双来归画栋。帘影无风，花影频移动。半醉腾腾[1]春睡重。绿鬟堆枕香云拥[2]。

翠被双盘金缕凤。忆得前春，有个人人[3]共。花里黄莺时一弄。日斜惊起相思梦。

◇注释

[1] 腾腾：昏沉无力的状态。

[2] 绿鬟：指女子乌黑环形的发髻。香云：指女子香秀的头发。

[3] 人人：用来称呼亲昵者。

◇译文

海燕双双归到彩画装饰的栋梁里面。帘影无风，但花影却似乎频频移动。半醉时只觉得昏沉无力，睡意浓重。乌黑浓密的发髻堆积在枕头上，秀发拥绕四周。

绣有翡翠纹饰的寝被上双双盘绕着金丝绣成的凤凰图案。回忆起前年春天，还有个亲昵的人儿与之相处。繁花里时不时传来黄莺的一声鸣叫。日光西斜时惊起相思的美梦。

蝶恋花·帘幕风轻双语燕

帘幕风轻双语燕。午后醒来，柳絮飞撩乱。心事一春犹未见。红英落尽青苔院。

百尺朱楼闲倚遍。薄雨浓云，抵死[1]遮人面。羌管不须吹别怨。无肠更为新声断。

◇注释

[1] 抵死：总是。

◇译文

微风轻拂，帘幕周围有成对的燕子在呢喃细语。午后醒来，看见柳絮纷飞缭乱。一春的心事仍未被发现。红花凋落，院子里长满了青苔。

登上高耸、华美的楼阁倚楼远望。薄雨浓云总是遮住人的面容。羌笛啊，不要再吹奏那离别的曲子。我已经没有肝肠为新声而断了。

蝶恋花·腊雪初销梅蕊绽

腊雪初销梅蕊绽。梅雪相和，喜鹊穿花转。睡起夕阳迷醉眼。新愁长向东风乱。

瘦觉玉肌罗带缓[1]。红杏梢头，二月春犹浅。望极不来芳信[2]断。音书纵有争如[3]见。

◇注释

[1] 罗带缓：指人日渐消瘦。

[2] 芳信：指书信。

[3] 争如：怎么比得上。

◇译文

腊雪开始消融，梅花就绽开了。梅花和雪花交相辉映，喜鹊在花枝间来回穿梭。睡醒后那傍晚的夕阳让人醉眼迷蒙。新起的愁绪久久地随着东风凌乱。

玉肌消瘦，衣带渐宽。红杏树梢头上，二月还春色尚浅。我望眼欲穿，也望不见佳人的到来，书信也断了消息。纵使有书信，但又怎么比得上两人相见呢。

蝶恋花·小院深深门掩亚

小院深深门掩亚[1]。寂寞珠帘，画阁重重下。欲近禁烟[2]微雨罢。绿杨深处秋千挂。

傅粉[3]狂游犹未舍。不念芳时，眉黛无人画。薄幸[4]未归春去也。杏花零落香红谢。

◇注释

[1] 掩亚：掩闭。

[2] 禁烟：指寒食节当天禁烟火。

[3] 傅粉：指白面少年。

[4] 薄幸：这里是女子对薄情男子的昵称。

◇译文

小院幽深，大门掩闭。珠帘寂寞无声，在饰有彩绘的华美楼阁上层层低垂。将近寒食节禁烟的日子，连微雨都停了下来。翠绿的杨柳深处挂着秋千。

白面少年恣情玩乐，还依依不舍。不在意春日美好的时光里，黛眉没有人来画。薄情男子还没有归来，但春天早已远去。只剩下杏花凋落，红花残损。

南歌子·凤髻泥金带

凤髻泥金带[1]，龙纹玉掌梳。走来窗下笑相扶。爱道画眉深浅、入时无[2]。

弄笔偎人久，描花试手初[3]。等闲妨了绣功夫。笑问双鸳鸯字、怎生书。

◇注释

[1] 泥金带：以金色花纹装饰的发带。泥金，颜料名。

[2] 入时无：是否符合流行样式。

[3] 试手初：尝试初次描花。

◇译文

发髻梳成凤凰式样，髻上还用带有金色花纹装饰的发带束起来，用刻有龙纹的玉制掌形梳来梳理。走到窗下笑吟吟地挨着丈夫，满怀爱意地问自己画眉的深浅是否符合流行的样式。

摆弄着画笔，久久地依偎在丈夫身边，尝试初次描花。轻易地就耽误了自己刺绣的功夫。笑着问丈夫："鸳鸯二字如何书写？"

玉楼春·别后不知君远近

别后不知君远近，触目凄凉多少闷。渐行渐远渐无书，水阔鱼沉[1]何处问。

夜深风竹敲秋韵，万叶千声皆是恨。故攲[2]单枕梦中寻，梦又不成灯又烬。

◇注释

[1] 鱼沉：古代有鱼雁传书的说法，这里指失去音信。

[2] 攲：斜靠。

◇译文

你我别离之后就不知道你的行踪远近，触目皆是凄凉，内心生出许多烦闷情绪。你渐行渐远，连书信也渐渐没了消息，水阔鱼沉，我哪里能问询到你的踪迹？

深夜里风吹得竹林构成了秋声悲凉的韵味，万叶千声都充满了离恨之情。我特意倚靠孤枕，想要去梦中寻找你的身影，但是做梦不成，闺房里的灯花又燃成了灰烬。

玉楼春·雪云乍变春云簇

雪云乍变春云簇，渐觉年华堪纵目。北枝梅蕊犯[1]寒开，南浦[2]波纹如酒绿。

芳菲次第长相续，自是情多无处足。尊前百计得春归，莫为伤春眉黛蹙。

◇注释

[1] 犯：抵御。

[2] 南浦：南面的水边。多指送别之地。

◇译文

冬季的雪云方才变成了朵朵簇拥的春云，渐渐觉得初春的景色已经可以充眼供目了。向北的梅树花蕊抵御严寒盛开，送别之地的水波碧绿如酒。

繁花次第开放，长久不衰，本是爱春之情过多才会觉得处处得不到满足。春天终于到来，应该举起酒杯欢乐畅饮才对，不要为了伤春而紧皱眉头啊。

浪淘沙·把酒祝东风

把酒祝东风。且共从容[1]。垂杨紫陌[2]洛城东。总是当时携手处，游遍芳丛。

聚散苦[3]匆匆。此恨无穷。今年花胜去年红。可惜明年花更好，知与谁同。

◇注释

[1] 从容：流连。

[2] 紫陌：城郊的道路。

[3] 苦：过于。

◇译文

举起酒杯向东风祝祷，希望东风流连于此，不要离去。洛阳东边城郊的道路旁已是杨柳低垂。当时你我总是在这里携手相伴，游遍芳草花丛。

聚首、离散都过于匆匆。此种遗憾绵绵无穷。今年的花儿比去年的还要红艳。只可惜明年的花儿开得再美好，我又与谁一同欣赏呢。

浪淘沙·花外倒金翘

花外倒金翘[1]。饮散无憀[2]。柔桑蔽日柳迷条[3]。此地年时[4]曾一醉，还是春朝。

今日举轻桡[5]。帆影飘飘。长亭回首短亭遥。过尽长亭人更远，特地[6]魂销。

◇注释

[1] 倒金翘：倒插金翘。金翘，金制的簪钗。

[2] 无憀：闲闷。

[3] 柳迷条：指柳色繁茂，远望而不见枝条。

[4] 年时：当年。

[5] 桡：船桨。

[6] 特地：格外。

◇译文

在花群之外倒插金制的簪钗。饮罢后闲闷无所寄托。柔软的桑树遮蔽了日光，柳枝繁茂，远望不见枝条。当年还曾在此地一醉方休，那时还正值春天。

今日荡起轻舟，帆影飘飘。在官道旁供人休息的长亭处回首时，短亭已经遥远不见。走过长亭，分别的人儿更加遥远，让人格外地黯然销魂。

浪淘沙·五岭麦秋残

五岭[1]麦秋残，荔子[2]初丹。绛纱囊[3]里水晶丸。可惜天教生处远，不近长安。

往事忆开元[4]，妃子偏怜。一从魂散马嵬关，只有红尘无驿使，满眼骊山。

◇注释

[1] 五岭：指大庾岭、越城岭、骑田岭、萌渚岭、都庞岭。

[2] 荔子：荔枝。

[3] 绛纱囊：荔枝成熟的时候，果壳会变皱，呈绛红色。

[4] 开元：唐明皇李隆基所用年号。

◇译文

大庾岭、越城岭、骑田岭、萌渚岭、都庞岭这五个岭已到了麦子收获的季节，荔枝也开始变红。绛红色的果壳里长着晶莹剔透且圆润的果肉。只可惜荔枝生长的地方遥远，不靠近长安。

回忆开元年间的往事，唐玄宗偏爱杨贵妃。自从贵妃在马嵬关处魂飞魄散，如今只有扬起的红尘而再无驿站的官差，放眼望去也只有骊山独在了。

浪淘沙·万恨苦绵绵

万恨苦绵绵[1]，旧约前欢。桃花溪畔柳阴间。几度日高春睡重，绣户[2]深关。

楼外夕阳闲，独自凭栏。一重水隔一重山。水阔山高人不见，有泪无言。

◇注释

[1] 绵绵：指连绵不断。

[2] 绣户：雕饰华美的门户。多指闺房。

◇译文

千愁万恨连绵不断，回忆起从前的盟约、往日的欢愉。那里溪畔长满了桃花，茂密的柳树浓密成荫。多少次日上三竿还春睡不起，因而闺房紧闭，门户深关。

楼外夕阳西斜。独自凭栏远眺，一重水、一重山层层阻隔。山高水阔使你我不得相见，只能眼含泪水，欲说无言。

鹧鸪天·学画宫眉细细长

学画宫眉[1]细细长。芙蓉出水斗新妆。只知一笑能倾国，不信相看有断肠。

双黄鹄，两鸳鸯。迢迢云水恨难忘。早知今日长相忆，不及从初莫作双。

◇注释

[1] 宫眉：宫中流行的画眉式样。

◇译文

学习描画宫中流行的画眉式样，将眉毛画得纤细修长。新化好的妆容就像是出水芙蓉般清新自然。只知道微微一笑，美貌便可倾覆邦国，不相信有让自己断肠的事情。

黄鹄成双，鸳鸯成对。但是自己却与心上人相隔遥远，使人心中充满离恨。早知道今日要长久地思念对方，不如当初就不要成双成对。

踏莎行·候馆梅残

候馆[1]梅残，溪桥柳细。草薰风暖摇征辔[2]。离愁渐远渐无穷，迢迢不断如春水。

寸寸柔肠，盈盈粉泪。楼高莫近危阑[3]倚。平芜[4]尽处是春山，行人更在春山外。

◇注释

[1] 候馆：驿馆。

[2] 征辔（pèi）：远征马匹的缰绳。代指游子的坐骑。

[3] 危阑：高楼上的栏杆。

[4] 平芜：平旷的草地。

◇译文

驿馆旁梅树凋残，小溪边柳丝纤细。小草散发着清香，微风和煦温暖，游子骑着马儿上路去。离愁随着渐行渐远的路程变得无穷无尽，就像那流不尽的绵长春水一样。

柔肠寸断，混和着脂粉的泪水充溢眼眶。楼高就不要靠近，去倚那高楼上的栏杆了。平坦的草地尽头是春山，而游子更是远在春山之外了。

生查子·元夕

去年元夜[1]时，花市灯如昼。月上柳梢头，人约黄昏后。

今年元夜时，月与灯依旧。不见去年人，泪湿春衫袖。

◇注释

[1] 元夜：即农历正月十五的上元之夜，也叫元宵。

◇译文

去年上元之夜，花市灯光明亮如同白昼。月上柳树梢头，与佳人相约在黄昏之后。

今年上元之夜，月光与灯光明亮依旧。但是却见不到去年的佳人，相思的泪水打湿了春衫的衣袖。

玉楼春·去时梅萼初凝粉

去时梅萼初凝粉[1]，不觉小桃[2]风力损。梨花最晚又凋零，何事归期无定准？

栏干倚遍重来凭，泪粉[3]偷将红袖印。蜘蛛喜鹊[4]误人多，似此无凭安足信！

◇注释

[1] 粉：指花苞的颜色。

[2] 小桃：桃花的一种。

[3] 泪粉：混合着脂粉的泪水。

[4] 蜘蛛喜鹊：古代民间认为蜘蛛、喜鹊均可以传报喜信。

◇译文

离去时梅花初见花苞，不觉间小桃已被春风吹残。梨花开得最晚也凋零了，为什么归期一直没个定准呢？

栏杆都倚遍了，现在又重新来倚，混合着脂粉的泪水偷偷地浸湿了红色的衣袖。蜘蛛、喜鹊多误导人，像这样没有凭证的喜信又哪里值得信赖呢！

夜行船·轻捧香腮低枕

轻捧香腮低枕。眼波媚、向人相浸[1]。佯娇佯醉索如今，这风情、怎教人禁[2]。

却与和衣推[3]未寝。低声地、告人休恁[4]。月夕花朝[5]、不成[6]虚过，芳年[7]嫁君徒甚。

◇注释

[1] 相浸：端详。

[2] 禁：经受得起。

[3] 推：推托。

[4] 休恁：不要如此。

[5] 月夕花朝：犹言良辰美景。

[6] 不成：犹言难不成。

[7] 芳年：青春年华。

◇译文

轻轻地捧着香腮低卧在枕头上。眼波妩媚、向着心上人端详。佯装娇媚又假装醉酒直到如今，这般万种风情、怎教人经受得起。

但是心上人却和衣而睡，推托就寝。只得低声细语、让心上人不要这样做。良辰美景、难不成就此虚度，青春年华时便嫁于郎君又是为了什么呢。

减字木兰花·伤怀离抱

伤怀[1]离抱。天若有情天亦老[2]。此意如何，细似轻丝渺似波。

扁舟岸侧。枫叶荻花秋索索[3]。细想前欢。须着人间比梦间。

◇注释

[1] 伤怀：伤心。

[2] “天若”句：语用李贺《金铜仙人辞汉歌》：“衰兰送客咸阳道，天若有情天亦老。”

[3] 索索：象声词。

◇译文

离人作别的情怀满是伤心。老天若是有情，它也会因别离而衰老。这种感情是什么样的，它如情丝般纤细却又渺绵似波涛。

小船靠岸的侧面，枫叶、荻花在秋风中瑟瑟发抖。细想之前的欢愉时刻。须将梦间比作人间才能相逢了。

减字木兰花·画堂雅宴

画堂雅宴。一抹朱弦初入遍[1]。慢捻轻笼。玉指纤纤嫩剥葱。

拨头憁利[2]。怨月愁花无限意。红粉轻盈。倚暖香檀[3]曲未成。

◇注释

[1] 入遍：指演奏大曲中的一段。

[2] 拨头：指弹奏琵琶时拨弦的一种手法。憁利：不得志。

[3] 香檀：弦乐器上用以架弦的槽格，亦代指琵琶。

◇译文

装饰华美的厅堂里举行着歌舞宴会。一弹奏琵琶便开始了大曲的一段。慢慢地抚弦，又轻轻地揉弦。美人玉指纤细如同剥开的葱那般嫩白。

弹奏琵琶拨弦时，曲中满含郁郁不得志。月亮、繁花都染上了无限的愁恨别绪。美女姿态纤柔、轻盈。依偎着被捂暖的琵琶却始终无法弹奏终曲。

长相思·深花枝

深花枝。浅花枝。深浅花枝相并时。花枝难似伊。

玉如肌。柳如眉。爱著鹅黄金缕衣[1]。啼妆[2]更为谁。

◇注释

[1] 金缕衣：金线织成的华贵衣服。

[2] 啼妆：古代女子以粉薄拭目下，类似啼痕，故名。

◇译文

浓艳的花枝。淡雅的花枝。深浅花枝并排时，也难以比得上她的美丽。

肌肤润滑如玉。眉妆细挑如柳。喜爱穿着鹅黄色的金线织成的华衣。啼妆更是为了谁呢。

诉衷情·清晨帘幕卷轻霜

清晨帘幕卷轻霜，呵手试梅妆。都缘自有离恨，故画作远山长。

思往事，惜流芳，易成伤。拟歌先敛[1]，欲笑还颦[2]，最断人肠！

◇注释

[1] 敛：敛容。

[2] 颦：皱眉。

◇译文

清晨卷起结了轻霜的帘幕，呵暖双手试着描画梅花妆。都因为自有离别的愁恨，因而将眉毛画得像远山一样细长。

思念往事，惋惜流逝的年华，更是容易使人感伤。想要歌唱却又先收敛起笑容，想要微笑却又皱起眉头，这真是最让人肝肠寸断！

浣溪沙·青杏园林煮酒香

青杏园林煮酒香，佳人初试薄罗裳。柳丝无力燕飞忙。

乍雨乍晴花易老，闲愁闲闷日偏长。为谁消瘦减容光[1]。

◇注释

[1] 容光：仪容风采。

◇译文

在长满青杏的园林里，煮着的美酒飘出阵阵香味，佳人刚刚试穿上轻薄的罗裳。柳丝无力地飘拂着，燕子繁忙地飞着。

一会儿下雨一会儿放晴，花儿也因此容易衰败，闲愁闲闷涌上心头，连白昼都变得漫长了。为谁消瘦而削减了仪容风采呢。

浣溪沙·叶底青青杏子垂

叶底青青杏子垂。枝头薄薄柳绵飞[1]。日高深院晚莺啼。

堪恨风流成薄幸，断无消息道归期。托腮无语翠眉低。

◇注释

[1] 薄薄：广大貌。柳绵：柳絮。

◇译文

叶底颗颗青杏低垂。柳树枝头的柳絮纷飞得到处都是。深院里日头已升得很高，晚莺在哀婉啼鸣。

怨恨风流的心上人成为薄幸郎，分开之后没有了音信，归期更是没有告诉自己。托腮沉默不语，翠眉低敛。

望江南·江南柳

江南柳，叶小未成阴。人为丝轻那忍折，莺嫌枝嫩不胜吟。留着待春深。

十四五，闲抱琵琶寻。阶上簸钱[1]阶下走，恁时[2]相见早留心。何况到如今。

◇注释

[1] 簸钱：古代一种以掷钱赌输赢的游戏。

[2] 恁时：那时。

◇译文

江南的柳枝，树叶嫩小暂时还没有形成树荫。行人因为其枝条纤细又哪里舍得攀折呢，就连黄莺鸟都因其柔嫩而不愿落在上面吟唱。留着它等待春深时刻吧。

十四五岁的人儿，闲抱着琵琶四处寻觅。在台阶上玩着掷钱以赌输赢的游戏，又走到阶下去，那时候相见就早已为她而心动了。何况到如今这个时候呢。

浣溪沙·堤上游人逐画船

堤上游人逐画船，拍堤春水四垂天。绿杨楼外出秋千。

白发戴花君莫笑，六幺[1]催拍盏频传。人生何处似樽前[2]！

◇注释

[1] 六幺：琵琶舞曲名。

[2] 樽前：在酒筵上。

◇译文

堤岸上游人追逐着画船而行，春水溶溶拍打堤岸，天幕四方垂地，与水面相接。绿树成荫的高楼外传来荡秋千的笑声。

白发上插戴鲜花还请君不要笑话，六幺曲急促的节拍中杯盏频频传递。人生何处能像在酒筵上更让人快乐呢！

浣溪沙·湖上朱桥响画轮

湖上朱桥响画轮[1]，溶溶春水浸春云，碧琉璃滑净无尘。

当路游丝萦醉客，隔花啼鸟唤行人，日斜归去奈何春[2]。

◇注释

[1] 画轮：装饰华贵的车辆。

[2] 奈何春：谓人将归去，春景亦挽留不住。

◇译文

装饰华贵的车辆驶过湖上漆着红色栏杆的桥梁，春水溶溶浸润着倒映的春云，碧水像琉璃般光滑平洁，没有一点纤尘。

游丝挡在路上留住了醉酒之客，啼鸣的鸟儿隔着繁花唤住了行人，夕阳西斜，游人归去，春景亦挽留不住。

雨中花·千古都门行路

千古都门[1]行路。能使离歌声苦。送尽行人，花残春晚，又到君东去。

醉藉[2]落花吹暖絮。多少曲堤芳树。且携手留连，良辰美景，留作相思处。

◇注释

[1] 都门：汴京的城门，代指京城。

[2] 藉：坐卧其上。

◇译文

从京城通往其他去处的道路，能使别离之歌曲调凄苦。送完行人，繁华凋残已近暮春，又要送君东去了。

醉酒后坐卧在落花之上吹着柳絮，多少弯曲的堤岸和芳树。暂且携手在此流连徘徊，良辰美景，就留作相思之处吧。

桃源忆故人·梅梢弄粉香犹嫩

梅梢弄粉香犹嫩。欲寄江南春信。别后寸肠萦损[1]。说与伊争稳[2]。

小炉独守寒灰烬。忍泪低头画尽。眉上万重新恨。竟日无人问。

◇注释

[1] 萦损：因愁思郁结而憔悴。

[2] 争稳：怎么心安。

◇译文

梅树梢头犹如施粉般芬芳、柔嫩。想要折枝寄给心上人，告诉他江南的春信。别后肝肠寸断，因愁思郁结而逐渐憔悴。又怎么心安将这些说与他听呢。

独守着小炉看着香料燃成灰烬。忍着泪水低头画完细眉。眉头上却饱含万重的新恨。整日竟然无人过问。

武陵春·宝幄华灯相见夜

宝幄华灯相见夜，妆脸小桃红。斗帐香檀翡翠笼[1]。携手恨匆匆。

金泥[2]双结同心带，留与记情浓。却望行云十二峰[3]。肠断月斜钟[4]。

◇注释

[1] 香檀：指枕头。翡翠：指寝被。

[2] 金泥：用以装饰物品的金屑。

[3] 行云十二峰：即巫山十二峰。

[4] 月斜钟：指五更钟声。

◇译文

夜里室内有华美的帐子和灯烛，女子的脸上化着粉红色的妆容。形如覆斗的小帐里，有着芬芳的檀香枕和翡翠被。携手时总是怨恨太匆匆。

将金屑装饰的带子织成双双的同心结，留给情郎让他记住彼此之间浓浓的深情。如今却望着巫山十二峰，在五更钟声之时柔肠寸断。

浪淘沙·今日北池游

今日北池游，漾漾轻舟。波光潋滟柳条柔。如此春来春又去，白了人头。

好妓好歌喉，不醉难休。劝君满满酌金瓯[1]。纵使花时常病酒[2]，也是风流。

◇注释

[1] 金瓯：金杯。

[2] 病酒：因醉酒而不适。

◇译文

今日游览北池，泛舟池上引得水波荡起阵阵涟漪。水波连绵荡漾，柳条轻柔飘荡。就这样春天来了又走，使人白了头。

容颜美好的歌妓有着一副好歌喉，使人不得不一醉方休。劝你斟满金杯。纵使在花间时常因醉酒而感到不适，那也是一种风流。

浣溪沙·翠袖娇鬟舞石州

翠袖娇鬟舞石州[1]。两行红粉[2]一时羞。新声难逐管弦愁。

白发主人年未老，清时贤相望偏优[3]。一樽[4]风月为公留。

◇注释

[1] 翠袖娇鬟：代指舞女。石州：舞曲名。

[2] 红粉：本指女子脸上的脂粉，这里指歌妓。

[3] 清时：指清平盛世。望偏优：属望甚厚。

[4] 樽：酒杯。

◇译文

舞女随着《石州》舞曲跳舞，两行的歌妓皆自愧不如她。但是《石州》曲的新声并不能消除我的万般愁思。

主人虽已白发但是尚未年老，清平盛世时的宰相属望甚厚，无人能比。暂且饮酒一杯，吟咏这清风明月的闲适之景吧。

浣溪沙·十载相逢酒一卮

十载相逢酒一卮[1]，故人才见便开眉。老来游旧[2]更同谁？

浮世歌欢真易失，宦途离合信难期。尊前莫惜醉如泥。

◇注释

[1] 卮：酒器。

[2] 游旧：漫游旧地。

◇译文

阔别十年再次相逢暂且把酒一杯，故人才见面便眉开眼笑。年老时前来漫游旧地不知道还能与谁相聚痛饮？

人间欢乐的日子真是容易失去，仕途中的聚散离合更是难以预期。酒杯前就不要顾惜醉酒如泥了吧。

浣溪沙·红粉佳人白玉杯

红粉佳人白玉杯。木兰船[1]稳棹歌催。绿荷风里笑声来。

细雨轻烟笼草树，斜桥曲水绕楼台。夕阳高处画屏开。

◇注释

[1] 木兰船：用木兰制成的华美的船。后是对船的美称。

◇译文

红粉佳人正持着白玉制成的酒杯劝酒。木兰船船身平稳，船工唱着棹歌催送着行船。微风吹动翠绿的荷花，也传来了欢乐的笑声。

烟雨蒙蒙，水雾弥漫，笼罩着草树。斜桥曲水围绕在楼台周围。夕阳照射着楼台高处，美景如展开的画屏。

浣溪沙·云曳香绵彩柱高

云曳香绵彩柱高[1]。绛旗风飐[2]出花梢。一梭红带[3]往来抛。

束素美人羞不打，却嫌裙慢褪纤腰[4]。日斜深院影空摇。

◇注释

[1] 云曳：形容秋千的绵绳高高吊起。彩柱：指以彩绸装饰的秋千架。

[2] 飐：飘动貌。

[3] 一梭红带：指美人的红色裙摆随着秋千的摆动而随风飘荡。

[4] 却：犹正也。慢：宽松。

◇译文

高高的秋千架上吊着绵绳，轻如棉絮，随风飘扬。秋千上的红旗在风中飘动，越过花木的枝梢。美人荡秋千时来回摇动，红色裙摆亦随风飘荡。

腰肢纤细的美人羞答答的，正嫌弃裙幔宽松而从细腰上滑落。日斜天晚，深院里只剩秋千影子还在空空摇动。

浣溪沙·灯烬垂花月似霜

灯烬垂花[1]月似霜，薄帘映月两交光。酒醺红粉自生香。

双手舞余拖翠袖，一声歌已釂金觞[2]。休回娇眼断人肠。

◇注释

[1] 灯烬垂花：指灯油即将燃尽时灯芯余烬结成灯花。

[2] 釂（jiào）金觞：干杯。釂：酒尽。

◇译文

灯油即将燃尽时灯芯余烬结成灯花，月光冷峻似霜，薄帘上映着月光，灯光与其相互交映。喝醉酒后美人脸上的脂粉生出香气。

舞曲即将结束时双手拖着翠绿的衣袖，一曲歌尽酒杯中的美酒也已喝完。不要回首眼神娇媚而断人心肠啊。

清平乐·小庭春老

小庭春老。碧砌红萱草[1]。长忆小栏闲共绕。携手绿丛含笑[2]。

别来音信全乖[3]。旧期前事堪猜。门掩日斜人静，落花愁点青苔。

◇注释

[1] 萱草：即忘忧草。多年生草。

[2] 含笑：花名。亦取义双关，指与佳人携手游玩时笑意盈盈。

[3] 乖：违背。这里指别后音信全无。

◇译文

小庭已近暮春时节，青色台阶旁的忘忧草都开出了橘红色的花。时常想念你我一起在小栏处闲情绕走。携手在绿丛游玩之时脸上笑意盈盈。

自分别后便失去了音信。旧日的约定与往事令人猜疑。门已紧掩，日斜时分人也安静下来，任凭落花愁苦地散落在青苔之上。

燕归梁·屏里金炉帐外灯

屏里金炉帐外灯。掩春睡腾腾[1]。绿云堆枕乱鬅鬙[2]。犹依约，那回曾。人生少有，相怜到老，宁不被天憎。而今前事总无凭。空赢得，瘦稜稜[3]。

◇注释

[1] 腾腾：迷迷糊糊。

[2] 绿云：乌黑亮丽的秀发。鬅鬙（péng sēng）：发乱貌。

[3] 稜稜：消瘦。

◇译文

屏风后面金制的香炉焚着香，帷幕外的灯光昏暗。掩被而睡，整个人迷糊、蒙眬。一头乌黑亮丽的秀发乱蓬蓬地散放在枕头上。隐约之中，仿佛回到了曾经。

人生少有，相互怜爱到老，却不被老天妒嫉、憎恨的。而今往事总是没有凭据。空剩得，人儿瘦削憔悴。

圣无忧·相别重相逢

相别重相逢。恬[1]如一梦须臾。尊前今日欢娱事，放盏旋成虚。

莫惜斗量[2]珠玉，随他雪白髭须[3]。人间久身难得，斗在不如吾[4]。

◇注释

[1] 恬：欢乐。

[2] 斗量：形容数量之多。唐刘禹锡《泰娘歌》：“斗量明珠鸟传意，绀幰迎入专城居。”指当时太守韦某以重金购买歌女泰娘。

[3] 髭须：胡子。唇上曰髭，唇下为须。《乐府诗集·相和歌辞三·陌上桑》：“行者见罗敷，下担捋髭须。”

[4] “斗在”句：指纵情享受当下的快乐。唐白居易《代梦得吟》：“世上争先从尽汝，人间斗在不如吾。”

◇译文

离别后又重新相逢，欢乐就如一场短暂的梦境。今日酒杯前的欢娱之事，放下酒杯后又会在片刻间成为虚妄。

不要吝惜钱财，任由人老胡子发白吧。人间难得长久之身，不如纵情享受当下的快乐。

锦香囊·一寸相思无着处

一寸相思无着处。甚夜长难度。灯花前、几转寒更[1]，桐叶上、数声秋雨。

真个此心终难负。况少年情绪。已交共、春茧缠绵，终不学、钿筝移柱[2]。

◇注释

[1] 寒更：寒夜的更点。

[2] 钿筝移柱：指变心。

◇译文

一寸相思之情无处可依，深夜怎么如此漫长让人难以度过。灯花前，寒夜的更点声几经转换，桐叶上，数声秋雨滴答作响。

心志坚定、真诚终让人不易辜负。更何况年少炙热的情绪，已相互交融，如同春天的蚕茧般缠绵，终究不会学，钿筝移动弦柱那般轻易地改变心意。

洞天春·莺啼绿树声早

莺啼绿树声早。槛外残红未扫。露点真珠[1]遍芳草。正帘帏[2]清晓。

秋千宅院悄悄。又是清明过了。燕蝶轻狂，柳丝撩乱，春心多少。

◇注释

[1] 露点真珠：指露水如珍珠一样晶莹剔透。

[2] 帘帏：帘幕。

◇译文

黄莺早早便在绿树上啼叫。槛外花朵凋残，尚未清扫。露水如珍珠般晶莹剔透，遍布芳草之中。此时正值帘幕低垂的清晨。

秋千立在寂静的宅院里。又一个清明节过去了。燕子、蝴蝶放浪轻浮，柳丝纷飞杂乱，引起了多少春日的情怀啊。

洛阳春·红纱未晓黄鹂语

红纱[1]未晓黄鹂语。蕙炉销兰炷[2]。锦屏罗幕护春寒，昨夜三更雨。

绣帘闲倚吹轻絮。敛眉山[3]无绪。看花拭泪向归鸿，问来处逢郎否。

◇注释

[1] 红纱：红色薄纱做成的帷幔。

[2] 蕙炉：香炉。蕙，香草名。兰炷：线香的美称。

[3] 敛眉山：皱眉。

◇译文

红色薄纱做成的帷幔外天还未破晓，黄鹂就开始啼叫了。香炉里燃烧着线香。绘饰图案的屏风与罗幕将春寒隔绝在外，尽管昨夜三更下起了春雨。

女子闲倚着饰有刺绣的帘子看柳絮轻扬。皱起眉头，心绪不佳。看着花儿，忍不住擦拭眼泪去问归雁，归来的时候是否遇到了她的心上人。

忆秦娥·十五六

十五六，脱罗裳，长恁[1]黛眉蹙。红玉暖，入人怀，春困熟。

展香裀[2]，帐前明画烛[3]。眼波长，斜浸鬓云绿。看不足。苦残宵，更漏促。

◇注释

[1] 长恁：长久这样。

[2] 香裀：香香的被褥。

[3] 画烛：有画饰的蜡烛。

◇译文

女子大约十五六岁，脱下精美的罗裳，长久地皱着黛眉。皮肤如同红色的宝石般红润，投入心上人的怀抱之中，因春日的精神倦怠而熟睡起来。

展开香褥，罗帐前点着有画饰的蜡烛。长长的眼波流动如水，好像要流入鬓角，使它浸湿而呈碧绿色。怎么看都看不够。只恨残夜苦短，更漏声声相催。

夜行船·满眼东风飞絮

满眼东风飞絮。催行色[1]、短亭春暮。落花流水草连云，看看是、断肠南浦。

檀板[2]未终人去去。扁舟在、绿杨深处。手把金尊难为别，更那听、乱莺疏雨。

◇注释

[1] 行色：行旅。

[2] 檀板：檀木制成的拍板，这里代指乐曲。

◇译文

东风吹拂，眼前尽是柳絮纷飞。好像在催人启程，饯别的短亭笼罩在暮春景象中。落花随着流水漂远，芳草连绵直逼云边，面对如此情景，直使分别的人儿肠断南浦。

檀板一曲尚未结束，人却已经远去。一叶扁舟已驶入绿杨深处。手持酒杯都难以诉说送别之情，更何况听那黄莺乱啼和疏雨滴沥呢。

夜行船·忆昔西都欢纵

忆昔西都[1]欢纵。自别后，有谁能共？伊川山水洛川花[2]，细寻思，旧游如梦。

今日相逢情愈重。愁闻唱，画楼钟动。白发天涯逢此景，倒金樽，殢[3]谁相送？

◇注释

[1] 西都：即洛阳。

[2] 伊川：洛阳南面的伊阙山水。洛川花：指洛阳牡丹。

[3] 殢（tì）：滞留，沉溺。这里指醉酒。

◇译文

回忆当年在西都洛阳度过的欢乐纵情的时光。自从分别之后，还有谁能够与我再聚首？洛阳南面的伊阙山水和盛开的牡丹花，细细寻思，竟如同梦境一般遥不可及。

今日你我再次相逢，情意也更加深厚。愁于听到那报时的钟声，但画楼上还是敲响了。你我白发苍苍，流落天涯却遭逢此景，何不斟满酒杯，尽情饮酒，管他是谁送别谁呢？

贺圣朝影·白雪梨花红粉桃

白雪梨花红粉桃。露华[1]高。垂杨慢舞绿丝绦。草如袍[2]。

风过小池轻浪起，似江皋。千金莫惜买香醪[3]。且陶陶。

◇注释

[1] 露华：露珠。

[2] 草如袍：指春草茂盛如同衣袍裹身。

[3] 香醪：美酒。

◇译文

梨花白如雪，桃花红粉艳丽。露水蒸发升高。杨柳低垂如同丝编的碧绿带子随风慢舞。春草茂盛覆地如同衣袍裹身。

微风吹过小池泛起阵阵轻浪，如同江岸泛波一般。不要吝惜钱财，买来美酒，暂且喝它个大醉。

少年游·阑干十二独凭春

阑干十二[1]独凭春，晴碧远连云。千里万里，二月三月，行色苦愁人。

谢家池[2]上，江淹浦畔[3]，吟魄与离魂[4]。那堪疏雨滴黄昏，更特地[5]、忆王孙[6]。

◇注释

[1] 阑干十二：曲折回环的栏杆。

[2] 谢家池：谢灵运《登池上楼》中“池塘生春草，园柳变鸣禽”为后人称叹的名句。

[3] 江淹浦畔：指别离之地。江淹，南朝宋、齐、梁诗人。

[4] 吟魄：诗情。离魂：离别的思绪。

[5] 特地：突然。

[6] 王孙：指隐士。

◇译文

春天时独自倚靠曲折回环的栏杆向远处眺望，湛蓝天下的碧绿芳草绵延不断，与云彩相连。青草千里万里，无边无际，在二三月里，远行之人行色匆匆令人感到愁苦。

谢灵运因远离家乡而咏叹池塘，江淹也因远游在外而伤心南浦，他们抒发的都是诗情与离别的思绪。怎能禁受得了那黄昏时分的点点雨滴，更别说突然间，又回忆起了归隐之人。

鹤冲天·梅谢粉

梅谢粉，柳拖金，香满旧园林。养花天气[1]半晴阴，花好却愁深。

花无数，愁无数，花好却愁春去。戴花持酒祝东风，千万莫匆匆。

◇注释

[1] 养花天气：早春时节多轻云微雨，适宜养花，故称。

◇译文

梅花凋谢，柳条渐渐显出嫩黄的颜色，旧园林里到处飘着芬芳的气味。早春时节天气半晴半阴，花开得繁盛但却惹人生出更深的愁绪。

花开无数，愁思也无数，花开得虽好却使人担心春天即将逝去。头戴鲜花，手持酒杯祈求东风，千万不要匆匆离去啊。

忆汉月·红艳几枝轻袅

红艳几枝轻袅[1]。新被东风开了。倚烟啼露[2]为谁娇。故惹蝶怜蜂恼。

多情游赏处，留恋向、绿丛千绕。酒阑欢罢不成归，肠断月斜春老[3]。

◇注释

[1] 袅：摇曳。

[2] 倚烟啼露：指花朵在烟雾之中呈现一种娇媚动人的状态。

[3] 春老：春尽。

◇译文

几枝红艳的鲜花在微风中轻轻摇曳。它们刚刚被东风吹开。在烟雾之中不知道为了谁而呈现出一种娇媚动人的状态。招惹得蝴蝶和蜜蜂们的爱怜和烦恼。

多情人游赏春景处，留恋万分，绕着绿树花丛走了一遍又一遍。饮酒结束欢愉尽兴仍不肯回去，为月亮西斜、春景已暮而断肠伤心。

欧阳修文

醉翁亭记

环滁[1]皆山也。其西南诸峰，林壑[2]尤美。望之蔚然而深秀者[3]，琅琊[4]也。山行六七里，渐闻水声潺潺，而泻出于两峰之间者，酿泉[5]也。峰回路转，有亭翼然[6]临于泉上者，醉翁亭也。作亭者谁？山之僧曰智仙也。名之者谁？太守[7]自谓也。太守与客来饮于此，饮少辄醉，而年又最高，故自号曰醉翁也。醉翁之意不在酒，在乎山水之间也。山水之乐，得之心而寓[8]之酒也。

若夫日出而林霏开[9]，云归而岩穴暝[10]，晦明变化者，山间之朝暮也。野芳发而幽香，佳木秀而繁阴，风霜高洁，水清而石出者，山间之四时也。朝而往，暮而归，四时之景不同，而乐亦无穷也。

至于负者歌于途，行者休于树，前者呼，后者应，伛偻[11]提携，往来而不绝者，滁人游也。临溪而渔，溪深而鱼肥，酿泉为酒，泉香而酒洌[12]。山肴野蔌[13]，杂然而前陈者，太守宴也。宴酣之乐，非丝非竹[14]，射者中，弈[15]者胜，觥筹[16]交错，起坐而喧哗者，众宾欢也。苍颜白发，颓[17]然乎其间者，太守醉也。

已而夕阳在山，人影散乱，太守归而宾客从也。树林阴翳[18]，鸣声上下，游人去而禽鸟乐也。然而禽鸟知山林之乐，而不知人之乐；人知从太守游而乐，而不知太守之乐其[19]乐也。醉能同其乐，醒能述以文者，太守也。

太守谓[20]谁？庐陵[21]欧阳修也。

◇注释

[1] 滁：指今安徽滁州。

[2] 林壑：树林山谷。

[3] 蔚然：树木茂盛貌。

[4] 琅琊：山名。相传东晋元帝为琅琊王时曾居住此山，故名。

[5] 酿泉：泉水名。

[6] 翼然：形容亭檐高翘像鸟展开翅膀一样。

[7] 太守：这里是作者的自称。

[8] 寓：寄托。

[9] 林霏开：树林中的雾气散去。

[10] 暝：昏暗不明。

[11] 伛偻（yǔ lǚ）：腰弯背曲貌，这里指老年人。

[12] 洌：清澈。

[13] 蔌：野菜。

[14] 丝：弦乐器。竹：管乐器。

[15] 弈：下棋。

[16] 觥（gōng）筹交错：酒杯和酒筹相互交错、杂乱。形容喝酒尽欢的样子。觥，酒杯。筹，酒筹，用来计算饮酒数量的筹码。

[17] 颓：倒。

[18] 翳：遮蔽。

[19] 其：指游人与众宾。

[20] 谓：同“为”，是。

[21] 庐陵：县名。今江西省吉安市。

◇译文

滁州四周环绕的都是山。它西南面的几座山峰，树林、山谷尤其优美。远望过去树木茂盛且幽深秀丽的，就是琅琊山了。沿着山路走六七里，渐渐听到潺潺的流水声，从两座山峰之间飞泻而下的，便是酿泉了。山势回环，山路也跟着拐弯，有一座亭檐高翘像鸟展开翅膀一样，飞架于泉水之上的亭子，那就是醉翁亭。修建亭子的人是谁呢？是山上的和尚智仙。给它命名的人又是谁呢？是太守用自己的别号来命名的啊。太守和宾客来这儿设宴饮酒，稍微喝一点酒就醉了，而且他的年纪又最大，因此太守给自己取个别号叫“醉翁”。醉翁的本意不在于喝酒，而在欣赏山水的美景。欣赏山水美景的乐趣，是领会在心里而寄托在酒上的啊。

那太阳升起，山林里的雾气便散了，傍晚烟云聚拢，山谷就变得昏暗不明起来，这种或明或暗的变化就是山中早晨与夜晚不同的风光。野花盛开散发出清幽的香味，美好的树木高大茂盛，形成一片浓密的绿荫，风朗气清，霜色高洁，溪水变浅，石头便显露出来，这就是山中的四季。早晨前往，傍晚归回，四季的景色不同，其乐趣也是没有穷尽的。

至于背着东西的人在道路上欢唱着歌，走路的人在树下休息，前面的人大声呼喊，后面的人随后应答，老人弯着腰行走，小孩子由大人领着走，来来往往而不曾断绝的行人，便是滁州的游客了。到溪边捕鱼，溪水深不见底而鱼儿肥美；用泉水酿酒，泉水清香并且酒水清澈。野味野菜杂乱地摆在桌前，这就是太守办的宴席啊。宴会时饮酒的乐趣，不在于弹琴奏乐，投壶的人投中了，下棋的人下赢了，酒杯和酒筹交互交错、杂乱，一时坐着，一时又站起，大声喧闹的，是太守众多的宾客在尽情欢乐啊。面容苍老，头发发白，醉醺醺地倒在众人中间的，是太守喝醉了啊。

不久，太阳下山了，游人纷纷离去，太守回去，宾客也跟随着太守回去了。树林浓密成荫，鸟儿在树上树下鸣叫，是游人散去后鸟儿在欢乐啊。然而鸟儿只知道山林中的快乐，却不知道人们的快乐；而人们只知道跟随太守游赏的乐趣，却不知道太守以游人的快乐为快乐啊。醉酒了能和大家一起欢乐，醒酒后又能够用文章来记叙这乐事的人，就是太守啊。太守是谁呢？是庐陵的欧阳修啊。

丰乐亭记

修既治滁之明年[1]夏，始饮滁水而甘，问诸滁人，得于州南百步之近。其上丰山耸然[2]而特立，下则幽谷窈然[3]而深藏，中有清泉滃然[4]而仰出。俯仰左右，顾而乐之。于是疏泉凿石，辟地以为亭，而与滁人往游其间。

滁于五代干戈之际，用武之地也。昔太祖皇帝尝以周师破李景兵十五万于清流山下[5]，生擒其将皇甫晖、姚凤于滁东门之外，遂以平滁。修尝考其山川，按其图记，升高以望清流之关，欲求晖、凤就擒之所，而故老皆无在者，盖天下之平久矣。自唐失其政，海内分裂，豪杰并起而争，所在为敌国者，何可胜数。及宋受天命，圣人[6]出而四海一，向之凭恃险阻，刬削[7]消磨，百年之间，漠然[8]徒见山高而水清，欲问其事，而遗老尽矣。今滁介于江淮之间，舟车商贾、四方宾客之所不至，民生不见外事，而安于畎亩[9]衣食，以乐生送死[10]；而孰知上之功德，休养生息，涵煦[11]百年之深也。

修之来此，乐其地僻而事简，又爱其俗之安闲。既得斯泉于山谷之间，乃日与滁人仰而望山，俯而听泉，掇[12]幽芳而荫乔木，风霜冰雪，刻露[13]清秀，四时之景，无不可爱。又幸其民乐其岁物之丰成，而喜与予游也。因为本其山川，道其风俗之美，使民知所以安此丰年之乐者，幸生无事之时也。夫宣上恩德，以与民共乐，刺史[14]之事也。遂书以名其亭焉。庆历丙戌六月日，右正言[15]、知制诰[16]、知滁州军州事欧阳修记。

◇注释

[1] 明年：第二年，即庆历六年。

[2] 耸然：高耸貌。

[3] 窈然：深远、幽静貌。

[4] 滃（wěng）然：水势盛大貌。

[5] 太祖皇帝：宋太祖赵匡胤，当时任后周殿前都点检。李景：南唐后主李煜之父李璟。

[6] 圣人：这里指宋太祖赵匡胤。

[7] 刬（chǎn）削：拆除、削平。

[8] 漠然：寂静无声。

[9] 畎（quǎn）亩：田地。

[10] 乐生送死：即养生送死。《孟子·离娄下》："养生者不足以当大事，惟送死可以当大事。"

[11] 涵煦：滋润教化。

[12] 掇：拾取。

[13] 刻露：指草枯叶落，山势巉岩清楚地显露出来。

[14] 刺史：这里代指宋代的知州。

[15] 右正言：宋代谏官名。

[16] 知制诰：宋代官名，负责为皇帝起草制词诰令。

◇译文

我担任滁州太守后的第二年夏天，才喝出滁州的泉水的甘美。向滁州人询问，知道水源就在距离滁州城南面大约百步的近处。它的上面是丰山，高耸独立；下面是幽深的山谷，深远、幽静地潜藏着；中间有一清泉，水势盛大，翻滚着向上涌出来。我上下左右地环顾了一周，觉得心旷神怡。因此，我疏通泉水，凿开石头，开拓出一片空地建造亭子，与滁州人往来游乐其中。

滁州在五代战乱的时候，是一个兵家必争之地。昔日，宋太祖赵匡胤曾经率领后周的军队在清流山下击溃了李景的十五万军队，在滁州东门外活捉了他的大将皇甫晖和姚凤，就这样平定了滁州。我曾考察过滁州地区的山水地势，根据滁州地区的地图和文字记载，登高眺望清流山关口，想要找到皇甫晖、姚凤被捉的地方。然而当时的人都已经不在了，大概是天下太平已经很久了。自从唐朝政局败坏，海内四分五裂，天下英雄豪杰都纷纷起来争夺天下，在各地建立的都是敌对的势力政权，数不胜数。到了大宋朝接受天命，太祖皇帝这位圣人一出现，四海就统一了。以前凭借高山险地的割据之地都被拆除、削平了。百年之间，寂静无声，到处都是山高水清。想要追问那时的情形，但是当年经历过的老人都已经不在人世了。如今，滁州处在长江、淮河之间，乘船坐车的商人与四面八方的宾客都不到此处，百姓活着不知道外面的事情，因而安心地于此耕田谋生，并在此养生送死，没有烦恼。有谁知道这是皇帝的功德，得以让百姓休养生息，滋润化育长达百年之久呢！

我来到这里，喜欢这儿的僻静且政事简单，又喜爱它的风俗安闲、恬静。在这山谷之间找到这样的甘泉之后，于是每天都同滁州士人前来仰望高山，俯首听泉，采摘幽香的花草，在茂密的树下乘凉休息。刮风落霜、结冰飞雪之时，更是显露出它的清秀、隽美，四时的风光景色，无一不招人喜爱。又庆幸那时遇到的民众为谷物丰收而喜悦，因此乐意与我同游。于是我根据这里的山脉河流，叙述这里风俗的美好，让百姓知道能够安享丰年喜悦，是因为有幸生在这太平时代。宣扬皇上的恩德，与民众共享乐事，这是刺史的本职啊。于是就写下这篇文章以此说明这座亭子命名的缘由。庆历丙戌六月日，右正言、知制诰、知滁州军州事欧阳修记。